www.mayabook.co.kr

www.mayabook.co.kr

www.mayabook.co.kr

www.mayabook.co.kr

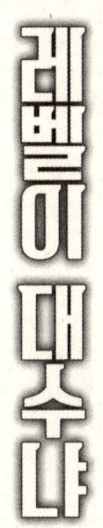

레벨이 대수냐 ❺

지은이 | 누워서보자
펴낸이 | 권순남
펴낸곳 | (주)마야 · 마루출판사

등록 | 2008. 1. 7 (제310-2008-00001호)

초판 인쇄 | 2018. 12. 13
초판 발행 | 2018. 12. 18

주소 | 서울시 노원구 상계1동 1049-25 신영산업 BD 602호
대표전화 | 02-2091-0291
팩스 | 02-2091-0290
이메일 | marubooks@hanmail.net

ISBN | 978-89-280-8897-3(세트) / 978-89-280-9373-1
정가 | 8,000원

잘못된 책은 교환하여 드립니다.
저자와 협의하여 인지를 붙이지 않습니다.

「이 도서의 국립중앙도서관 출판시도서목록(CIP)은 서지정보유통지원시스템 홈페이지(http://seoji.nl.go.kr)와 국가자료공동목록시스템(http://www.nl.go.kr/kolisnet)에서 이용하실 수 있습니다.」
(CIP제어번호:CIP2018038237)

누워서보자 게임 판타지 장편소설

레벨이 대수냐

5

마야&마루

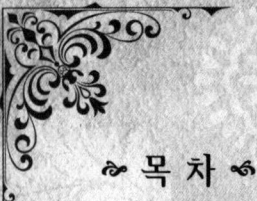

❖ 목 차 ❖

Chapter 1 ⋯007

Chapter 2 ⋯075

Chapter 3 ⋯143

Chapter 4 ⋯211

Chapter 5 ⋯281

레벨이 대수냐

Chapter 1

레벨이 대수냐

어두운 밤이 내려앉은 생츄어리. 그곳에 설치된 가장 높은 첨탑 위에 한 남자가 앉아 있었다.

남자는 무미건조한 표정으로 생츄어리의 야경을 보는 중이었다.

짧은 시간 동안 많은 사건이 벌어졌다.

누군가는 죽었고, 누군가는 살았으며, 누군가는 거스를 수 없는 운명을 부수려고 한다.

남자의 입꼬리가 살짝 올라갔다.

불과 몇 시간 전, 엄청난 소식이 생츄어리 전역에 퍼졌다.

"그 녀석이 그렇게 허무하게 죽을 줄은 몰랐는데…….

상대가 너무 나빴어."

소식의 주인을 떠올린 남자는 술병을 빙글빙글 돌렸다.

오버로즈에서 세 번째라면 최강을 논할 수 있는 위치였다. 비공식적인 강자들이 많다지만 그들에게 꿇리지 않았다.

그런 켈튼이 맞아 죽었다. 힘의 흔적도 남아 있지 않았다. 무슨 짓을 한 건지 시간의 흐름도 읽을 수 없었다.

많은 사람들이 혼란에 빠졌다. 삽시간에 도시 전체가 공포로 물들었다.

그러나 공포는 곧 환희가 되었다. 켈튼이 생전에 하던 짓이 심각할 정도로 악랄했기 때문이었다.

실제로 그를 죽인 누군가를 영웅이라 추대하는 이들도 있었다. 추모 행렬에 돌을 던진 건 어찌 보면 당연했다.

남자는 술병을 들이켰다. 술병을 쥔 손엔 투박한 반지 하나가 보였다.

"맛 좋군."

반 넘게 남아 있던 술을 한 번에 들이켰다. 녹색 병이 남자의 마력에 흔적도 없이 사라졌다.

"나도 그만 할 일이나 하러 가 볼까."

반지가 미약한 빛을 흘린다. 허공에 에피소드 목록이 좌르륵 펼쳐졌다.

수많은 에피소드 옆에 'Clear'라는 영단어가 적혀 있었다.

남자가 에피소드 하나를 선택하자 허공에 포탈이 열렸다.
 남자는 들어가기 전 중얼거리듯 말했다.
 "이번 씨앗은 어디까지 자라나 기대 좀 하겠습니다, 테베즈."
 남자의 신형이 포탈 속으로 완전히 사라졌고, 포탈은 가루가 되어 버렸다.

※ ※ ※

 김성현은 자고 있는 제이크를 뒤로하고 밖으로 나왔다.
 마력을 이용해 그의 심신을 진정시켰다. 후유증은 남겠지만 더 이상 잘못된 판단은 하지 않을 것이다.
 켈튼이 참 지독한 짓을 했다. 사람의 정신을 저 정도로 피폐하게 만들다니.
 "쓰레기 같은 놈."
 직접 치워 버리긴 했지만 놈에 대한 분노는 쉽게 가라앉지 않았다.
 김성현은 바깥에 지나가고 있는 추모 행렬을 지켜봤다.
 사람은 그리 많지 않았다. 아마도 켈튼의 측근들과 그의 영향권 내에 있던 인물들뿐일 것이다. 켈튼은 생츄어리에서도 미친 사이코라고 소문이 나 있었으니까.

실제로 개잡놈의 추모를 해 주냐며 돌을 던지는 사람도 있었다. 기사단이 출동하면서 금세 무마되긴 했지만.

지금쯤 관리국이 켈튼이 죽은 곳을 꼼꼼하게 조사하고 있을 것이다. 시간의 흔적까지 확인하며 과거를 보려 하겠지만 그건 불가능하다.

김성현은 조심스럽게 무지갯빛 기운을 일으켰다.

"정말 무서운 힘이야."

그곳의 모든 걸 볼 수 없도록 만들었다. 고작 1할밖에 안 되는 주제에 말이다.

이 힘이 누구에게서 비롯된 것인지 너무 궁금했다.

그러고 보면 레인보우 워프의 관리자인 헤임달도 이 힘을 알고 있었다.

헤임달은 퀘스트 월드 속에 존재하는 가상의 존재, 그가 실존하는 이 힘을 안다는 건 불가능했다.

"더럽게도 복잡하구나. 게임 주제에 말이야."

김성현은 피식 웃으며 힘을 거두었다.

정말 위험한 상황이 아니면 이 힘은 사용하지 않을 것이다.

켈튼을 패 죽일 때도 느꼈다. 강렬한 시선의 무리들을.

실제로 접근해 오진 않았지만 위협을 가했다. 지금도 그때를 회상하면 등골이 오싹했다.

'괴물 같은 놈들.'

그 생각을 뒤로하고 이동할 준비를 했다.

그 전에,

"직업 관리소부터 가자."

능력치 분배부터 어떻게 해야 하는지 제대로 알아야 한다.

이미 직업 관리소 위치는 파악해 둔 상태다. 김성현은 곧장 그곳으로 이동했다.

※ ※ ※

직업 관리소는 관리국 다음으로 가장 바쁜 생츄어리 기관이었다.

하루에 100명이 넘는 플레이어들이 찾아오며, 끊임없이 서비스를 요구한다.

관리소의 총책임자이자 NPC인 알프레도는 지친 어깨를 두드리며 의자에 앉았다. 마지막 고객만 응대하면 오늘의 업무는 모두 끝난다.

또 다른 NPC이자 관리소 직원인 테샤가 그에게 다가왔다.

"소장님."

"금방 나가겠네."

"예."

테샤가 가볍게 고개를 숙이고 문밖으로 나갔다.

알프레도는 낮게 한숨을 쉬고 타이를 정리했다. 몸은 피곤해도 그들에게 프로그래밍된 무한한 서비스 정신은 강제로 작동된다.

알프레도가 입가에 옅은 미소를 머금고 밖으로 나갔다. 그곳엔 젊은 청년이 의자에 앉아 기다리고 있었다.

그를 향해 밝게 인사했다.

"안녕하십니까. 직업 관리소 소장 알프레도라고 합니다."

"아, 반갑습니다."

김성현은 알프레도의 머리 위에 떠 있는 '이름/직업' 표시를 보고 갸웃거렸다.

테샤란 여인에게도 똑같은 게 떠 있었다.

퀘스트 월드를 진행하며 저런 식으로 인물 위에 뭔가 떠 있는 건 처음 봤다.

에피소드에서 마주치는 NPC들과 저들의 차이는 뭐란 말인가?

당장은 알 수 있는 방법이 없다. 다음에 테베즈와 다시 연락이 닿을 때 물어봐야겠다.

알프레도가 친절한 목소리로 물었다.

"무슨 일 때문에 오셨습니까?"

"능력치를 어떻게 올려야 좋을지 몰라서요."

"그러시군요."

직업 관리소답게 NPC임에도 시스템을 인지하고 있다.

알프레도가 양해를 구했다.

"상태창을 좀 볼 수 있을까요?"

"죄송합니다. 그냥 직업에 따른 능력치 분배에 대해서만 알고 싶습니다."

"알겠습니다."

알프레도가 고개를 끄덕였다.

이곳 역시 관리국과 크게 다르지 않다. 상태창을 보였다간 무슨 꼴을 당할지 모른다.

다만 조사한 바에 따르면 등록되어 있지 않아도, 상태창을 보여 주지 않아도 조언을 들을 수 있었다.

"제 직업은 이능 마검사입니다."

"이능 마검사라……. 특별한 직업을 가지고 계시군요."

"특별한가요?"

"물론입니다. 퀘스트 월드에는 가장 기본적으로 부여받는 여섯 종류의 직업이 있습니다. 이 부분은 아시겠죠?"

"네."

사실 모르지만 가장 기본적인 걸 모른다고 하면 의심받을 것 같아 대충 대답했다.

알프레도의 말이 이어졌다.

"여섯 종류의 클래스는 여섯 개의 기본 능력치를 본떠

만든 직업입니다. 근력은 전사, 민첩성은 도적, 이런 식으로 말이죠."

김성현이 자연스럽게 고개를 끄덕였지만 속으론 조금 놀란 상태였다. 그런 식으로 기본 직업이 정해진다는 건 처음 알았다.

"여기서 두 종류의 직업이 합쳐진 직업을 보통 듀얼 클래스라고 부릅니다."

"그렇군요."

"그리고 세 종류 이상이 합쳐지면 멀티 클래스라고 하죠."

"그럼 저는?"

"예, 멀티 클래스 직업이십니다. 근력, 마력, 이능력까지 하나같이 메이저라고 해도 좋습니다. 특히나 마검사의 애매한 부분을 이능력이 메우니 밸런스도 아주 좋군요."

"호오!"

"멀티 클래스를 가진 플레이어분들은 극히 드뭅니다. 모든 유저를 따져 봐도 그 수가 100을 넘지 않을 겁니다."

김성현의 눈이 반짝였다. 알프레도의 말은 거를 것 없이 모두 자신에게 좋게 작용하는 말이었다. 하지만 이어진 말에 표정이 조금 굳고 말았다.

"흠, 다만 밸런스와 별개로 능력치 분배 부분에서 조금 걸리는군요."

"뭐가요?"

"멀티 클래스 대부분이 그렇습니다만, 레벨 업 시 얻는 포인트가 5개밖에 안 되는 게 문제입니다."

"그게 왜 문제입니까?"

"말씀드렸다시피 이능 마검사란 직업은 근력, 마력, 이능력이 하나로 합쳐진 직업입니다. 그런데 포인트가 5개밖에 안 되니 뭘 찍어도 애매하게 되어 버리죠."

"그 말은……?"

"이도 저도 아니게 된다는 뜻입니다."

청천벽력 같은 말이었다.

알프레도의 얼굴이 조금 심각해졌다. 그는 종이에 뭔가를 끄적이며 고민에 잠긴 듯 보였다.

그렇게 장시간이 흐르고 작은 한숨이 적막한 공간을 스쳤다.

"왜 그러십니까?"

"해결법이 있긴 합니다. 아니, 이걸 해결법이라고 부르긴 민망하군요."

"정확히 말씀해 주시죠."

"간단하게 말하겠습니다. 레벨이 높아지면 자연스럽게 해결됩니다."

"음?"

"당장은 효과를 보기 힘들지만 레벨이 오를수록 강력한 시너지 효과가 발생할 겁니다. 그게 멀티 클래스의 무서운 점이죠."

"시너지 효과요?"

"이능 마검사란 직업은 세 가지 능력치가 뒤섞여 있습니다. 이게 무슨 뜻이냐면 근력을 올려도 마력과 이능력 부분에 어느 정도 영향을 끼친다는 겁니다. 그게 초반엔 극소량이라 티가 나지 않습니다."

"하지만 레벨이 높아질수록 점점 부풀면서 나중엔 커다란 시너지 효과를 발생시킨다, 그 말씀입니까?"

알프레도가 미소 지으며 박수를 쳤다.

"정확하십니다."

박수까지 받을 만한 건 아니라 생각했기에 조금 민망해졌다.

김성현이 어색하게 웃었다. 그와 반대로 속에선 광란의 댄스 타임이 벌어지고 있었다.

'그러니까 레벨 업만 열심히 하면 다른 플레이어보다 훨씬 강해진다는 거잖아!'

테베즈와의 거래에서 레벨 업의 제한이 풀린 게 신의 한 수였다. 계속해서 레벨 업이 더뎠다면 능력치 간 시너지를 일으키기 어려웠을 것이다.

아주 기분 좋은 소식이었다. 김성현은 알프레도와 가볍게 악수하고 밖으로 나왔다.

"이제부터 진짜 시작이다."

레벨 18짜리가 100레벨 이상 사냥터를 전전하면 무슨 일이 벌어질지 벌써부터 궁금했다.

김성현은 씩 웃으며 외딴 지역으로 공간을 뛰어넘었다. 그리고 운영자의 반지에 마력을 불어넣었다.

허공에 수많은 에피소드 목록이 길게 나열되었다. 운영자의 아이템답게 목록은 굉장히 디테일하게 구분되어 있었다.

김성현이 입꼬리를 올리며 한 에피소드를 선택했다.

이제부터 폭업의 시간이다.

"당분간은 레벨 업에만 집중한다."

김성현이 생성된 포탈 안으로 발을 옮겼다.

그로부터 반년이란 시간이 흘렀다.

＊　＊　＊

소매 폭이 넓은 검은 무복을 입은 사내가 길을 걷고 있다. 그는 커다란 삿갓을 쓰고 있었는데, 입을 제외하곤 얼굴이 보이지 않았다.

그때 높지 않은 담벼락을 넘어 세 청의인이 사내 앞을 가로막았다.

가장 앞에 선 청의인이 도 손잡이에 손을 올리며 말했다.

"죽어 줘야겠다."

사내는 답하지 않았다. 대신 허리춤에 맨 날렵한 도를 뽑아 들었다. 달빛에 반사된 도신이 서늘하게 빛났다.

청의인들은 서로 눈을 맞추고는 각자의 도를 뽑았다.

보이지 않는 무형지기가 흘러나오며 삽시간에 공간을 장악했다. 셋 모두 상당한 경지에 오른 고수들이었다.

사내는 피식 웃으며 도를 휘휘 저었다.

무형지기가 거짓말처럼 소멸하며 사내가 쥔 도가 벌겋게 타오르는 도강(刀强)을 일으켰다!

"도강!"

"네, 네놈!"

"설마! 마, 말도 안돼! 정보에 따르면 이곳을 지나가는 건……! 도망쳐야 한다!"

청의인들이 크게 당황하며 뒤로 도망치기 시작했다.

사내는 그들을 보며 도신을 한 손으로 쓸었다.

"못 도망치지."

불길을 떠올리게 하는 도강이 활활 타오른다.

손잡이를 양손으로 꽉 쥔 그가 도를 일자로 가볍게 내려

그었다.

스윽!

팍! 하고 도강이 꺼졌다.

그러곤,

"크악!"

정면에서 달리던 청의인이 단말마와 함께 두 쪽으로 갈라졌다.

양쪽에서 달리던 청의인들의 눈이 휘둥그레졌다.

셋 중 무공 수위가 가장 높은 게 지금 죽은 청의인이었다. 남은 청의인들은 겁에 질린 눈으로 사내를 쳐다봤다.

"혈교 앞에 무릎을 꿇어라, 버러지들아."

사내의 무복이 타오르며 적룡이 그려지기 시작했다.

삿갓이 불길에 휩싸인다. 길게 찢어진 두 눈엔 비정과 잔혹함만이 흐르고 있었다.

"으아아아악!"

청의인 하나가 동료의 죽음에 눈이 돌아 사내에게 달려들었다.

도강엔 미치지 못하지만 도기(刀氣) 정도는 그도 자유자재로 다룰 수 있었다.

하지만 그뿐.

타오르는 도강이 번쩍이며 청의인을 향해 휘둘러졌다.

사내는 볼 것도 없다는 듯 시선을 돌렸다.

후우욱!

그러나 갑작스러운 무언가의 출현으로 다시 시선을 원상태로 돌려야만 했다. 그곳엔 서방 세계에서나 볼 법한 복장의 사내가 서 있었다.

"휴! 위험할 뻔."

사내, 김성현이 한 손으로 도강의 불길을 휘어잡으며 말했다.

✶ ✶ ✶

김성현은 주위에 붉은 기운을 늘어트린 삿갓 사내를 보았다.

기세가 제법이다. 검술 실력도 나쁘지 않은 것 같고.

그는 자신의 바로 뒤에 있는 청의인에게 말했다.

"도망쳐."

"다, 당신은 설마!"

"꺼지기 싫으면 있든가. 죽어도 내 책임 아니다."

김성현은 그렇게 툭 뱉은 뒤 사내를 향해 돌진했다. 손에 들린 듀란달 위로 황금빛 신성력이 일어났다.

사내는 눈살을 찌푸리며 도를 휘둘렀다.

김성현은 점점 느려져 가는 세상을 보며 피식 웃었다. 공간이 접어 들어가는 형태가 눈에 들어온다.

'공간술의 일종이군.'

재밌는 수법이었다. 이 정도라면 어지간한 동방의 고수들은 손도 못 써 보고 죽을 것이다. 하지만 아쉽게도 자신에게 통할 만한 수법은 아니었다.

반년 동안 김성현은 공간 이동 능력을 기운의 영역까지 닿게 할 수 있도록 노력했다.

아직 완벽하게 컨트롤할 수 있는 건 아니었지만 이 정도는 어렵지 않았다.

"에어리어 룰러."

공간 전체가 김성현의 손아귀에 들어왔다.

사내가 경악한 목소리로 말했다.

"무슨 짓을 한 것이냐!"

접었던 공간이 펼쳐지며 무형의 기운이 감쪽같이 소멸했다. 몸도 전신에 추를 단 것처럼 무거워졌다.

후자는 그렇다 치더라도 공격이 막힌 건 있을 수 없는 일이었다.

그 '무림맹주'조차 이 힘을 감당하지 못하고 죽지 않았던가? 그런데 저 젊은 사내가 공간 싸움에서 자신을 밀어냈다?

"웃기는 소리!"

사내가 인상을 일그러트리며 김성현에게 다가갔다.

무거워진 몸 때문에 느려지긴 했지만 상관없다.

'혈교 교주'에게만 내려져 오는 최상 보법이 펼쳐지자 그의 신형이 수십 개로 나뉘어졌다.

김성현은 그 광경을 인상적으로 보았다.

동방의 무림인이란 작자들은 하나같이 신기한 보법을 사용했다.

특히나 이름 있는 강자들은 저마다 특징적인 보법을 가지고 있었다.

눈앞의 사내처럼 말이다.

분신술처럼 수십 개로 나뉘는 보법.

꽤나 특별한 보법인 것인지, 사내의 능력이 출중한 것인지는 모르겠다.

다만 눈에 보이는 사내 전부가 진짜라는 게 중요하다.

"신기하단 말이야."

저들이 말하는 '기'라는 건 오러와 비슷하면서도 다르다.

일단 저자를 떡으로 만드는 게 우선이었다.

김성현은 에어리어 룰러의 능력을 발동했다.

속도전을 하고 싶다면 그것도 나쁘진 않다.

"가속."

[에어리어 룰러의 유지 시간이 2분 감소하였습니다.]

김성현의 모든 것이 빨라진다.

사내가 타오르는 도강으로 수 마리의 적룡을 만들었다.

"적룡괴격(赤龍怪擊)!"

도를 둘러싼 적룡들이 김성현의 머리통 위로 떨어진다.

김성현은 한 걸음 앞으로 전진했다. 사내의 눈이 방향을 상실했다.

"어, 어디?"

갑자기 상대의 모습이 사라졌다. 밑으로 착지한 그는 당황한 시선으로 주위를 살폈다.

본체의 움직임이 이상해지자 분신체들이 일제히 정지했다.

하나둘 보법으로 만들어진 분신체들이 사라진다.

'아차!'

사내는 다시 정신을 집중한 뒤 '혈체보(血體步)'를 펼쳤다.

그러나,

"크악!"

허공에 만들어진 수 개의 검이 모든 분신체의 심장을 꿰뚫었다. 그 고통은 진짜였기에 사내는 비명을 내질렀다.

혈교 교주이자 현존하는 무림인 중 세 손가락 안에 꼽히는 적락은 믿을 수 없었다.

분신체들을 꿰뚫은 검이 사라지더니 한곳으로 모여든다. 그곳엔 웃는 얼굴의 김성현이 서 있었다.

"이게 끝이야?"

"네놈… 이었구나."

"날 아나 봐?"

"한 사람에 의해 그 '마교'가 하루아침에 몰락했다. 그자는 서빙의 복장을 하고 있다는 소문이 돌았지. 크큭! 솔직히 믿지 않았는데 진짜였을 줄이야."

적락은 불과 일주일 전 벌어졌던 마교의 몰락을 떠올리며 웃었다.

마교 교주가 어떤 자였던가. 천마라 불리며 동방의 모든 무림인 중 독보적인 강함을 지닌 괴물이었다. 세 손가락 안에 드는 그조차 천마 앞에선 하룻강아지였다.

거기다 10장로라 불리는 노괴들은 어지간한 대형 문파의 수장들보다 강했다.

김성현은 볼을 긁적였다.

"소식 참 빠르네."

김성현은 일주일 전에 지워 버렸던 마교를 떠올렸다.

그곳의 주인이라는 천마는 꽤 강한 남자였다. 지금까지 싸워 온 자들 중에서 단연 손에 꼽혔다.

대충 반나절은 싸웠던 것 같다. 도중에 10장로라 불리는 노인들이 급습해서 위험하긴 했지만 결국 승리한 건 자신이었다.

적락은 마른침을 삼켰다.

"쉽진 않겠군."

"설마 이겨 보려고?"

김성현의 순수한 질문에 적락이 살기를 뿜어냈다.

"건방 떨지 마라!"

"히이익!"

적락이 사자후를 터트리자 아직 가지 않은 청의인들이 기겁했다.

김성현은 귀찮다는 듯 손을 털었다. 적락의 살기가 거짓말처럼 차단되었다.

"아이 씨! 귀찮게 하지 말고 꺼지라고 했잖아! 너희 대장한테로 꺼져, 좀!"

"대, 대장? 단주님을 말씀하시는 겁니까?"

"대장인지, 단주인지 내가 어떻게 알아? 콱! 안 꺼져?"

"예, 예!"

두 청의인이 김성현의 성질에 뒷길로 사라졌다.

적락은 콧방귀를 뀌며 자세를 고쳤다.

"송사리들 따위한테 신경 쓰다니."

화염 같은 기운이 핏빛처럼 진하게 물들기 시작한다. 도신에 맺힌 도강은 마치 액체를 보는 것 같았다.

김성현이 픽! 웃음을 터트렸다.

"송사리끼리 왜 구분을 지으려고 하냐?"

"뭐라?"

"왜? 넌 아니라고 하고 싶어?"

"그 알량한 힘만 믿고 건방 떨지 말……!"

적락은 두 눈을 부릅뜨고 심장을 쳐다봤다.

심장 위로 작은 구멍이 나 있다. 그곳에서 꽤 많은 피가 줄줄 흘러내렸다.

"쿨럭!"

"후!"

김성현은 검지에서 피어오르는 연기를 바람을 불어 꺼트렸다.

혈교 교주, 적락이 실 끊어진 인형처럼 힘없이 쓰러졌다.

"너도 송사리야, 인마."

[퀘스트를 클리어하셨습니다!]

[축하드립니다!]

[클리어 보상:흑룡의 비늘(x5)을 획득했습니다.]

[연계 에피소드 발동!]

[에피소드 17. LAST PART:부활 저지!]-하 왕조 182년

마왕의 삼(三)세력 중 마교와 혈교가 무너졌다. 남은 것

은 하 왕국 깊은 곳에 숨어 있는 악교뿐.
악교는 사실 마교와 혈교의 뿌리라 할 수 있으며, 그들이 모시는 신은 마왕의 한 좌를 꿰차고 있는 앙그라 마이뉴다.
악교는 두 세력의 몰락으로 앙그라 마이뉴의 현세 부활에 박차를 가하고 있다.
만약 앙그라 마이뉴가 현세 부활, 즉 강림에 성공한다면 끔찍한 일이 벌어지고 말 것이다.

[퀘스트 발생!]
악교를 완전 토벌하여 앙그라 마이뉴의 부활을 저지하라!
클리어 조건:앙그라 마이뉴가 부활하기 전에 악교 토벌!
클리어 보상:???

드디어 마지막까지 도달했다. 남은 건 악교뿐.
"그보다 앙그라 마이뉴······. 제작자 새끼들 이 정도면 역사 표절 아니야? 지구에 있는 걸 그대로 가져다 쓴 게 대체 몇 개야?"
퀘스트 월드는 수많은 차원에서 플레이어들을 모집한 게임이었다. 그런데 막상 보면 대부분 지구의 신화 등을 설정에 차용해 왔다.

타 차원들은 이런 식의 종교적 문화나 신화가 발달하지 않은 것인가?

김성현은 고개를 저으며 어딘가로 이동했다.

※ ※ ※

무림맹은 마교와 혈교, 어둠 깊숙한 곳에서 모든 것을 통제하는 악교의 손에 반 토막이 났다.

역사상 최고의 호인으로 평가받는 무림맹주 독고우는 혈교 교주의 손에 죽음을 맞이했고, 맹을 지탱하는 열두 세력 중 다섯이 멸문당했다.

전례가 없을 정도로 커다란 혼란이었다.

하 왕조는 모든 것을 내려놨고, 아예 어둠을 맞을 준비를 했다.

무림맹 최고의 공격대, 청룡단의 단주는 묵직한 눈으로 잔잔한 연못을 보고 있었다.

"하아……."

단주, 독고성은 깊은 한숨을 내쉬었다.

맹주인 독고우는 그의 아버지였다. 그의 옆에 있었지만 지키지 못했다. 오히려 방해만 되었다.

무엇이 최고의 공격대이며, 차기 맹주란 말인가.

그 어떤 것도 지키지 못했다. 어디서 나타났는지 모를 영웅에게 기대기만 하는 꼴이 된 것이다.

그때 뒤에서 2명의 청의인이 다가왔다.

"어떻게 됐는가? 진형은 어디 가고?"

"단주님… 큭!"

"죄송합니다, 단주! 그곳에 있던 자는… 혈교의 끄나풀이 아니라 혈교 교주였습니다!"

"뭐, 뭐라!"

독고성의 눈이 찢어질 듯 커졌다. 뜬금없이 원수의 이름이 들려오니 어안이 벙벙해졌다.

아직도 그날을 잊지 못한다.

독고우의 육체가 보이지 않는 힘에 허물어져 가던 그 순간 적락은 광소를 터트리고 있었다.

"대체 왜 그자가……. 그럼 그자는 어디 있단 말인가! 너흰 어떻게 살아 돌아올 수 있었던 거지?"

적락은 괴물이다. 천마 수준은 아니지만 무림에서 세 손가락 안엔 꼽혔다. 그들로선 대적은커녕 생존해 오는 것도 불가능에 가까웠다.

청의인 하나가 말했다.

"그, 그가 나타났습니다."

"그?"

"마교를 단신으로 괴멸시킨… 서방의 복식을 한 영웅 말입니다."

독고성은 저도 모르게 입을 가렸다.

"그자가 다시 나타났단 말인가?"

갑작스럽게 등장한 불세출의 영웅.

어디서 나타났는지, 이름은 무엇인지, 왜 마교를 괴멸시켰는지 아무도 모른다.

그냥 어둠이 있는 곳에 나타나 그곳을 빛으로 물들이고 사라졌다.

그자가 다시 나타났다. 이번엔 적락을 죽이기 위해.

"승부는 어떻게 됐지?"

"모릅니다."

"모른다니?"

"그분이 저희한테 꺼지라고 했습니다. 죽일 기세로……."

"뭔가 보이기 싫은 게 있는 것인가?"

독고성은 고민해 봤지만 알 수 있는 건 없었다.

그는 청의인들의 어깨를 토닥여 주고 안으로 들여보냈다.

마교로도 모자라 혈교까지 무너트렸다.

어디서 그런 괴물 같은 자가 나타난 것일까?

이쯤 되니 두려웠다.

그가 과연 악만을 토벌하고 사라질까? 그게 아니라면 무림맹에까지 손을 뻗칠까?

'머리가 아프군.'

독고성은 지끈거리는 머리를 누르며 전각 안으로 들어갔다.

그 시각, 김성현은 허름한 식당에서 꽃빵을 뜯어 먹고 있었다. 원래는 같이 나온 고추 잡채에 싸 먹어야 하지만 고추 잡채가 너무 맵다.

"스읍! 후우……. 진짜 혀 타는 줄 알았네."

꽃빵으로 문지르니 조금 살 것 같다.

이번 에피소드로 들어온 지 이제 열흘 정도가 지났다.

진행 속도는 꽤 빠르다. 벌써 마교와 혈교를 무너뜨렸으니 남은 곳은 악교뿐. 시간적 여유는 제법 있으리라고 판단된다.

김성현은 싱글거리며 녹차를 음미했다. 티백이 아닌 가루 녹차는 처음이라 맛이 조금 더 진했다.

"그놈들은 어디 있을라나."

김성현은 지도를 열어 곳곳을 살폈다.

그는 생츄어리에서 구입한 지도 전용 매직으로 지금 있는 위치를 찍었다.

지도엔 수많은 선이 그어져 있었다. 김성현이 마교의 행

적과 적락의 위치를 추적하기 위해 그은 선들이었다.

선들이 향하는 곳은 특정 지역을 가리키고 있었다.

"왕궁이라······."

예상은 하고 있었다. 하 왕국의 움직임을 계속 주시하고 있었기 때문이다.

이미 악교는 왕국을 거의 집어삼켰다고 봐도 무방하다.

김성현은 턱을 문지르며 꽃방을 마저 먹어 치웠다.

"빠르게 끝내자, 빠르게."

귀찮게 마왕과 티격태격하고 싶지 않았다.

조사한 바로 앙그라 마이뉴는 여섯 번째 좌에 앉아 있는 마왕.

여덟 번째 좌까진 해 볼 만하지만 여섯 번째는 무리다.

마왕급으로 강한 플레이어라면 1할밖에 안 되는 무지갯빛 기운으로 무력화시킬 수 있다. 플레이어의 시스템 자체를 뭉갤 수 있는 힘이었으니까.

하지만 마왕은 얘기가 다르다.

마왕뿐만이 아니다. 퀘스트 월드에 속해 있는 존재들은 일반 플레이어들과는 아예 다르다. 시스템에 직접 타격을 가하는 무지갯빛 기운으론 건드릴 수 없다.

'지금으론 빡세.'

아예 대적이 불가하거나 한 건 아니지만 굳이 귀찮고 싶진 않다.

할 수 있을 때 레벨 업도 팍팍 해 놔야 한다.

지금 레벨은 119, 반년간 100레벨을 넘게 올렸다.

김성현은 입꼬리를 위로 말고 식당을 나섰다.

✳ ✳ ✳

무림맹의 총본산이 위치한 태산의 정상, 커다란 전각에 10명이 넘는 고수들이 다섯씩 서로를 보며 앉아 있다. 그중엔 청룡단주 독고성도 있었다.

독고성은 주변 인물들을 살피며 소리 없는 한숨을 흘렸다.

본래라면 이 인원의 배는 더 많아야 정상이다. 그런데 숙적들과의 싸움으로 많은 이들이 희생됐다.

오른쪽 상석과 가까운 위치에 앉아 있는 노인이 입을 열었다.

"많이도 줄었군."

노인의 이름은 곽운, 검성(劍星)이라 불리는 검의 달인이며 무림맹의 최고 전력을 담당하는 5인 중 하나였다.

곽운은 착잡한 눈으로 살아남은 이들을 훑어봤다.

"그래도 이만큼 살아 있으니 다행이야."

"검성 말씀이 맞습니다."

대꾸한 이는 고혹적인 아름다움을 흘리는 여인이었다.

여인은 화상방(花想房)이라는 여자로만 이루어진 문파를 운영하는 화권(花拳) 이혜령이었다. 그녀는 곽운만큼은 아니지만 절정 끝자락에 도달한 고수였다.

그녀는 서글픈 눈으로 비어 있는 상석을 바라봤다. 그곳은 무림맹주의 자리였다.

화산파의 문주, 패탁로가 불끈 쥔 주먹으로 바닥을 내려쳤다.

"그놈들을 절대 살려 두지 않을 것이오!"

"맞소! 혈교 나부랭이 자식들은 지옥 끝까지 쫓아가 죽여 버리다!"

패탁로의 말에 맞장구 친 것은 떠돌이 무사이자 정파제일인이라 불리는 금뢰였다.

그는 두 눈에 살기를 가득 담고 있었는데, 당장이라도 혈교인의 사지를 분리시킬 기세였다.

그들의 반응을 보며 독고성이 조심스럽게 입을 열었다.

"그 부분에 대해 모두에게 드릴 말씀이 있습니다."

"독고 단주, 무얼 말인가?"

"무슨 소식이라도 들려온 겐가?"

"그렇습니다."

모두의 시선이 독고성에게로 쏠렸다. 살기를 머금은 것

도 아닌데 엄청난 고수들의 시선을 받으니 절로 압박감이 느껴졌다.

독고성은 마른침을 삼키고 부하들에게 들었던 얘기를 모두에게 건넸다.

가장 먼저 반응한 것은 금뢰였다.

"정말인가!"

금뢰는 벌떡 일어나 다그치듯 독고성에게 물었다.

"제 부하들이 직접 목격했습니다. 그리고 이곳에 오기 전 몸이 빠른 부하 2명을 그곳으로 보냈습니다. 승부는 꽤 빨리 났으리라 추정되니 곧 결과를 가져올 것입니다."

그리고 말하기가 무섭게,

"단주님!"

밖에서 독고성을 부르는 소리가 들려왔다.

지금 있는 자들 중 가장 큰 어른인 곽운이 그를 불렀다.

"들어오라."

"실례하겠습니다."

청룡단복을 입고 있는 젊은 사내가 들어오자마자 부복했다.

"알아 온 것들을 모두 보고하게."

"알겠습니다."

사내는 모여 있는 이들에게 그곳의 결과를 하나도 빠짐

없이 말했다.

"적락, 그자가… 죽었다니."

금뢰가 허탈한 웃음을 터트렸다.

무려 무림맹주를 죽인 괴물이 바로 적락이었다. 자신도 적락을 상대로 압도할 자신은 없었다.

단신으로 마교를 괴멸시킬 때부터 심상치 않은 자라는 건 알고 있었다.

독고성이 고개를 끄덕이며 부하에게 말했다.

"알았다. 그만 나가 봐라."

"존명!"

"허허! 어떻게 하면 좋겠소?"

곤륜파 문주 서산이었다. 그의 시선은 무림맹 최고의 정보 집단, 무령각(無靈閣) 각주를 향해 있었다.

"하아, 그에 대한 정보가 너무 없습니다. 시기도 시기인지라 정보원들이 마음 놓고 돌아다닐 수 없는 상태이기도 하고 말입니다."

무령각주 제갈천은 한숨을 내쉬며 말했다.

의문의 영웅의 정체를 밝히기 위해 무령각 전체가 쉬지 않고 움직였다.

그러나 단서라곤 개미 똥만큼도 없었고, 동에 번쩍 서에 번쩍 하는 것이 추적도 불가능했다.

독특한 서방의 복식을 감출 생각도 없어 보이는데 쫓질 못하니 미칠 지경이었다.

덕분에 제갈천은 일주일 사이에 10년은 더 늙고 말았다.

"각주가 고생이 많구려."

조용히 있던 소림사 방주 무정 대사가 그를 다독여 주었다.

"그런데 정말 그자가 혈교 교주를 죽인 거라면 전쟁은 끝난 것 아닌가요?"

이혜령의 물음에 다른 무인들이 깨달은 눈빛으로 고개를 들었다.

그 말처럼 무림맹을 비롯해 동방 전체를 위협하던 두 세력이 사라졌다. 혈교의 잔당이 남긴 했지만 적락 없는 혈교는 토끼와 같았다.

그러나 제갈천의 말에 모두의 표정이 다시 굳어졌다.

"아닙니다. 마교와 혈교의 배후에 알 수 없는 조직 하나가 존재합니다."

"그게 무슨 소리인가?"

"그들은 보이지 않는 어둠 속에서 마교와 혈교를 지탱했습니다. 저희도 계속해서 추적 중이나 얼마나 깊이 숨어 있는지 정확한 정체를 파악하진 못했습니다."

"그래도 알아낸 게 있을 거 아닌가?"

패탁로의 말에 제갈천이 고개를 끄덕였다.

"많진 않지만 나름 중요한 단서를 손에 넣었습니다. 무너진 마교의 총본산에서 말이죠."

"그게 무엇인지?"

곽운이 날카로운 눈빛을 빛내며 물었다.

제갈천은 좌중을 둘러보고는 품에서 서찰 하나를 꺼냈다.

"이건 그곳으로 파견된 각원 하나가 보낸 서찰입니다. 이걸 읽도록 하겠습니다."

그는 서찰에 적힌 내용을 또박또박 읽어 내려갔다. 내용이 진행될수록 그곳에 모인 인원들의 안색이 파리해졌다.

제갈천이 마지막 문장을 끝맺고 서찰을 밑으로 내렸다. 곽운이 너털웃음을 터트렸다.

"허허!"

"그들이 모시는 신이란 게 진짜로 존재한단 말이오?"

금뢰는 쉽게 믿을 수 없었다.

그런 초자연적인 생명체가 실존하다니? 이야기책에서나 나올 법한 일이었다.

제갈천은 굳은 얼굴로 그를 응시할 뿐 다른 말은 하지 않았다.

금뢰는 입술을 깨물었다.

"그 서찰이 가짜일 가능성은?"

서산이 물었고,

"무령각의 인장이 찍혀 있습니다."

제갈천이 대답했다.

서산은 인장이라는 말에 입을 다물었다. 무령각의 인장이 무얼 뜻하는지 잘 알고 있었기 때문이다.

"골치로다."

지금까지 조용히 있던 무당파 문주 한청 도인이 중얼거렸다.

"만약 그 신이란 존재가 부활한다면 세상은 어떻게 되나?"

"마교와 혈교가 숭배하는 대상인 만큼… 서찰의 내용이 진짜라면 동방뿐만 아니라 서방도 멸망할 것입니다."

"당장 왕성으로 가야겠군."

곽운이 자리에서 일어났다.

혹시 모를 일에 대비하기 위해선 왕성의 힘이 필요하다. 나아가 서방과 연합하기 위한 발판도 만들어야 했다.

제갈천이 그를 따라 일어났다.

"제가 보필하겠습니다."

"알겠네. 바로 출발하지."

"나머지 분들은 모두 각자 정비를 해 주시길."

곽운과 제갈천이 전각 밖으로 사라졌다.

독고성은 모두에게 인사하고 먼저 밖으로 나왔다.

그는 어둑한 밤이 내려앉은 하늘을 보며 주먹을 움켜쥐

었다.

 싸움이 끝이 아니란다. 그 사실이 너무나 끔찍했지만 한편으론 다행이다 싶었다. 아직 복수할 대상이 남아 있다는 것이었으니까.

 독고성은 곧장 청룡단 거주지로 몸을 날렸다. 오늘부터 할 일이 아주 많을 것이다.

※ ※ ※

 김성현은 멀찍이서 무림맹을 지켜보는 중이었다.
 마력을 통해 청각을 극대화시켜 그들의 회의 내용을 자세히 들을 수 있었다.
 '무령각주란 놈 제법이잖아?'
 악교의 존재와 그들의 목적을 알아낼 거라곤 생각하지 못했다. 거기다 곽운이란 자의 한발 앞선 선견지명도 제법이었다.
 그 상황에서 하 나라를 끌어들여 서방과 연합할 생각까지 할 줄은 몰랐다. 하지만 아쉽게도 하 나라는 거의 악교의 손에 떨어졌다.
 이번에 그들의 회의 내용을 듣고 무림맹을 판에 끌어들일지 말지 정할 생각이었다.

김성현은 빠르게 이동하고 있는 독고성을 보았다. 젊은 나이에 높은 경지에 오른 고수다.

'나한테 관심이 꽤 있는 녀석이었지.'

당장 그들의 회의 도중에 모습을 드러내도 좋겠지만 인간이란 게 참 간사하다. 분명 악교를 처리한 이후에도 자신을 이용하려 들 것이다.

인간이란 극소수를 제외하고 크게 다르지 않다. 그게 무림맹이든, 악교든.

하수인 시스템으로 모조리 굴복시키는 것도 하나의 방법이지만,

'굳이 그런 수고를 할 필요는 없지.'

아직까진 자신에게 해를 끼치지 않은 자들이다. 끔찍한 고통을 느끼게 할 필요는 없다.

김성현은 독고성의 뒤를 쫓았다.

투명화를 한 상태로 기척까지 완전히 죽여 놨기에 그가 눈치챌 가능성은 없었다.

✳ ✳ ✳

청룡단 거주지로 복귀한 독고성은 곧장 단원들을 소집했다.

"잘 들어라. 전쟁은 아직 끝나지 않았다."

"그게 무슨 말입니까?"

"마교와 혈교는 끝장난 게 아닙니까?"

단원들은 하나같이 믿을 수 없다는 표정을 짓고 있었다.

독고성은 웅성거리는 단원들을 조용히 시켰다.

"두 세력의 뒤엔 거대한 배후가 존재했다."

"배후… 말씀입니까?"

"그래. 무령각주가 조사한 바에 따르면 그들은 자신들이 숭배하는 신을 부활시키려고 한다고 한다."

"신?"

"그런 게 실제로 존재한단 말입니까?"

"마교의 총본산에서 발견된 서찰에 적힌 내용이었다고 하니 아마 맞을 것이다."

곳곳에서 작은 탄성 소리가 들려왔다.

"마교나 혈교도 그렇게 강한데, 그들이 모시는 신은 대체 얼마나……."

단원 중 하나가 중얼거렸다.

독고성은 눈을 감았다. 그들의 심정을 공감할 수 있었다. 그 역시 솔직히 겁났다.

신이란 존재가 부활한다면 세계는 혼돈으로 물들 것이다.

또한 마교와 혈교의 배후라 불리는 세력은 얼마나 악독

하겠는가. 두 세력을 부리려면 그만한 힘과 규모를 가지고 있어야만 한다.

마교 교주 천마의 강함을 직접 겪은 독고성이었다.

그는 천하제일인이라 불릴 정도로 압도적인 무력을 보여주었다. 무림맹을 지탱하는 전투 부대 중 3개가 천마의 손에 사라졌다.

청룡단은 죽을힘으로 후퇴하는 게 고작이었다. 정파제일인 금뢰가 없었다면 천마에게 모두 몰살당했을 것이다.

'그런 천마조차 수하로 부리는 세력.'

그곳의 주인은 어느 정도의 괴물일까? 벌써부터 소름이 돋았다.

힘이 온전했을 때의 무림맹도 마교 하나를 감당하지 못했다.

'하지만.'

이 분노는 주체할 수 없다.

상대가 얼마나 강하든 목숨을 던질 각오가 되어 있다.

아버지의, 무림맹주의 복수를 목숨을 걸고서라도 성공시킬 것이다.

"기회다."

청룡단원의 시선이 일제히 독고성에게 꽂혔다.

그에 힘을 얻은 독고성이 힘껏 외쳤다.

"우리의 손으로! 무림의 정의를 올바르게 세울 기회 말이다!"

"단주님……."

"마교도 혈교도 모두 알지도 못하는 이방인이 처리했다. 이대로라면 무림맹은 수많은 사람들에게 겁쟁이로 인식될 것이다. 맹의 최전선을 맡은 청룡단이 겁쟁이로 인식될 것이란 말이다! 모두 그걸 원하는가!"

"아닙니다!"

"우린 겁쟁이가 아닙니다!"

단원들이 이글거리는 눈으로 하나둘 자리에서 일어났다.

청룡단주이자 검룡(劍龍)이라 불리는 독고성이 검을 뽑아 들었다.

"우리가 정의다!"

"우리가 정의다!"

"우리가 정의다!"

모두가 독고성의 말을 따라 외친다. 그들은 그렇게 한참 동안 같은 말을 반복해서 외쳤다.

멀리서 지켜보고 있던 김성현은 미소를 지었다.

"확실하군. 저 녀석이면 되겠어."

독고성이라면 악교에게 커다란 빈틈을 만들어 줄 것이다. 그리고 그 틈을 자신이 비집고 들어가 완전히 갈라 버릴 생각이다.

벌써부터 레벨 업을 팍팍 할 생각에 기분이 좋아졌다.

"악교 쉐리딜. 경험치 잘 간수하고 있어라."

김성현의 신형이 스르르 사라졌다.

전각문이 열리며 청룡단원들이 줄줄이 빠져나왔다. 그 후로 5분 정도가 지나고 독고성이 나왔다.

독고성은 일단 자신의 집으로 걸음을 옮겼다. 마지막이 될 수 있으니 가족들의 얼굴을 보기 위해서.

그때,

"야."

"누구냐?"

뒤에서 들려온 목소리에 독고성은 조심히 검을 뽑았다. 냉정한 표정과 달리 그는 크게 긴장한 상태였다.

독고성은 초절정에 오른 고수다. 그런데 뒤에 있을 목소리 주인의 인기척이 전혀 느껴지지 않았다.

꿀꺽!

목을 타고 마른침이 넘어간다.

목소리가 다시 들려왔다. 어쩐지 웃음기가 섞여 있는 것 같았다.

"겁먹지 마라. 죽일 생각은 없으니까."

독고성은 굳게 마음을 먹고 검을 뽑아 들었다. 그러곤 목소리 주인을 향해 몸을 날렸다.

김성현은 씩 웃으며 말했다.

"새끼 양이냐, 네가?"

'덜덜 떨고 있게?'라는 말은 생략했다.

얇은 전격이 독고성의 전신을 훑고 지나갔다.

※ ※ ※

독고성은 눈을 뜨며 반사적으로 몸을 일으켰다.

"여긴?"

그는 기억을 잃기 전 있었던 일을 떠올렸다.

난생처음 보는 사내에게 아무것도 하지 못하고 당했다. 순식간에 벌어진 일이라 기억이 거의 없지만 사내의 복장은 희미하게 기억났다.

"분명 서방의……."

자신을 단숨에 기절시킬 정도의 압도적인 강함과 서방의 복식.

두 가지뿐인 단서였지만 왠지 누군지 알 것 같았다. 마교를 괴멸시키고, 적락을 죽인 그 의문의 영웅이 분명하다.

독고성은 곧장 문을 열고 나갔다. 진한 향내가 강하게 풍겨 왔다.

"일어났냐?"

그리고 향내 너머에서 목소리가 들려왔다.

독고성은 조심스럽게 목소리가 들린 방향으로 걸어갔다. 그곳엔 서방 복식을 한 사내가 책을 읽고 있었다.

사내가 말했다.

"도마뱀 새끼들. 마법 하난 기똥차게 만든단 말이지."

사내, 김성현은 일전에 구했던 드래곤의 마법서를 읽고 있었다.

그는 돌아보지도 않고 독고성에게 말했다.

"뭐 해? 앉아."

"당신은 누구요?"

독고성은 김성현을 보며 몸이 덜덜 떨리는 걸 느꼈다.

단숨에 베어 버릴 수 있을 것 같은 뒷모습인데도 엄두가 나지 않는다. 살면서 이 정도의 강자를 코앞에서 본 건 처음이었다.

김성현이 책을 덮었다. 그리고 몸을 돌렸다.

독고성의 눈이 커졌다.

'젊어!'

어느 정도 나이가 있을 줄 알았다. 대개 강자들 중에 젊은이들은 거의 없었으니까.

이제 서른 중반에 돌입한 독고성도 초절정고수들 중에선 막내였다.

'반로환동을 한 고수인가?'

지금 시점에서 반로환동 말고는 떠오르는 게 없었다.

저 나이에 마교를 혼자 괴멸시켰다? 어불성설이다.

독고성이 예의를 갖춰 다시 인사했다.

"실례했습니다. 제가 반로환동을 한 노고수를 몰라 뵀습니다. 괜찮으시다면 어린 후배에게 본함을 알려 주시지 않겠습니까?"

"풉!"

김성현이 웃음을 터트리자 독고성이 고개를 갸웃거렸다.

"무엇이 재밌으신지……."

"반로환동 같은 소리 하고 있네."

"예?"

"한결같단 말이야, 너희같이 힘만 추구하는 놈들은."

"무슨 소리신지?"

"힘이란 게 꼭 나이가 있어야 손에 넣는 거였나?"

그 말에 독고성은 머리를 방치로 한 대 맞은 느낌을 받았다.

말처럼 힘이란 게 꼭 나이가 들어야만 강해지는 법은 아니었다. 자신만 하더라도 어지간한 노고수들 따위보다 훨

쎈 강하지 않던가?

젊은 나이에 엄청난 성취를 이룬 자들은 역사를 뒤져 봐도 제법 있었다.

하지만 이것도 독고성이 젊은 무인이니 이해하는 것이지, 맹의 꼰대들이었다면 믿을 수 없다며 난리를 쳤을 것이다.

"대화가 통하는 녀석이긴 하군. 앉으라고."

"알겠… 다."

독고성은 존대를 하려다 급하게 반말로 바꿨다.

김성현은 그가 자리에 앉는 걸 보고 입을 열었다.

"그래, 내가 널 왜 이곳으로 데려왔는지 궁금하지?"

독고성이 고개를 끄덕였다.

"돌려 말하는 건 성미에 맞지 않으니 그냥 말하지. 널 좀 이용할 생각이다."

"이용?"

"그래. 너희 무림맹의 간부들이 회의하는 걸 들어 보니 대충 마교와 혈교의 뒷배에 대해 알고 있는 것 같던데."

"어떻게 우리의 대화를 들을 수 있었지?"

독고성이 눈을 가늘게 뜨며 물었다.

맹의 간부 회의를 진행할 땐 지하에서 4명의 술법사가 차단막을 펼친다. 어지간한 고수라도 차단막을 뚫고 엿듣는 건 불가능했다.

김성현이 입꼬리를 올렸다.

"우물 안의 개구리 같은 놈들."

김성현이 한심하단 얼굴로 독고성을 보았다.

전각을 뒤덮고 있는 차단막은 진즉에 알고 있었다. 하지만 수준이 너무 낮아 무시해도 될 정도였다. 마법 같은 게 크게 발달하지 않은 동방의 '큰' 단점이었다.

독고성이 눈썹을 꿈틀거렸으나 대꾸는 하지 않았다.

"동방의 단점을 말해 줄까?"

"우리의 단점?"

"너흰 너무 무(武)라는 것에만 치중되어 있다. 그 덕에 물리력 하나만큼은 나도 인정할 정도지만 그게 끝이야."

"무슨 말을 하고 싶은 거지?"

"너희가 서방과 전쟁을 벌인다면 어떻게 될 것 같아?"

"…해 봐야 안다."

독고성은 서방에 대해 아는 게 별로 없었다. 하지만 그들의 무력이 동방의 무공만큼 잘 다듬어져 있지 않다는 것 정돈 알고 있었다.

순수한 무의 격돌이라면 지지 않을 자신이 있었다. 그 점은 김성현도 동감했다.

"동방의 무공은 분명 대단하다. 솔직한 말로 서방에서

너희 수준에 이른 무인은 드물지. 실제로도 한 명밖에 만나 보지 못했고."

김성현은 에피소드 2 당시에 검을 겨뤘던 베이트렉스를 떠올렸다. 그 정도는 되어야 동방에서 검 좀 쓴다고 할 수 있을 것이다.

그러나 서방은 그게 끝이 아니다. 그들은 순수한 무보다 유기적인 마법에 더 집중했다. 덕분에 뛰어난 마법 공학을 이룩해 냈고, 위대한 마법사들을 탄생시켰다.

마법은 단일 공격도 강력하지만 진짜 위력은 범위 공격에서 발휘된다.

또한 보조 마법은 내공을 두른 것보다 단단했다.

"너흰 그 마법을 상대로 얼마나 견딜 수 있을까?"

"동방을 무시하는 건가?"

"무시하지. 난 서방을 겪고 왔다. 그곳에서 엄청난 괴물들을 잔뜩 보고 왔지."

비록 시간대를 넘나들며 겪은 것이긴 하지만 그건 동방 역시 마찬가지.

시간대가 다르더라도 그 차이는 한결같았다.

당장 동방에는 수명을 늘린 이는 존재해도 불사를 이룬 무인은 없었다.

"하지만 완벽한 불사는 아니라고 하지 않았나?"

독고성이 자존심 상한 얼굴로 말했지만,

"흥! 그런 불완전한 불사도 못 이룬 너흰 뭐냐?"

"그건……!"

"아닌 말로 수명의 불사를 이룰 정도면 괴물 아닌가? 그 정도 수준의 마법사가 마법을 쓰면 어떻게 될 것 같아?"

"……."

독고성은 대답하지 못했다.

생각해 보면 지금 이 말을 하고 있는 자는 마교를 단신으로 괴멸시킨 장본인이었다. 누구보다 강한 존재가 그렇다고 하는데 어떻게 토를 달겠는가.

김성현이 피식 웃었다.

"이 정도 말했으면 너희가 뭐가 부족한지 느끼는 바가 있겠지."

독고성은 자존심이 상한 채 고개를 숙였다.

김성현은 턱은 괸 상태로 그를 보다가 입을 열었다.

"여튼 중요한 건 그게 아니야. 현재 하 나라가 악교의 손에 거의 넘어갔다는 게 중요하지."

"뭐라!"

독고성이 고개를 치켜들며 외쳤다.

"하 나라가 넘어갔다니? 악교란 게 뭐길… 설마?"

"척하면 척 알아들어라."

"진짠가?"

"그래. 그놈들의 하부 세력이 줄줄이 망했으니 일을 빠르게 진행시키려고 하고 있다."

"그들이 모시는 신의 부활 말인가?"

"맞아. 신이란 녀석이 부활하면 아마 골치 좀 아파질 거다."

김성현이 심각한 얼굴로 말했다.

그들은 앙그라 마이뉴에 대해 모르는 듯했다.

'하긴 이놈들이 신적 존재에 대해서 뭘 알겠어?'

무인이란 것들은 하나같이 무만을 단련하는 족속들이다. 그들이 신이나 마왕에 대해 아는 게 더 넌센스리라.

'이런 부분이 서방과의 격차를 계속 벌리는 거겠지.'

저만한 무를 바탕으로 신적인 힘을 받아들인다면 서방도 긴장해야 할 것이다.

하지만 먼 미래의 시간대까지 갔다 온 김성현으로선 그게 불가능하단 걸 알고 있었다.

동방은 결국 서방에게 잡아먹힌다. 아무것도 하지 못하고.

김성현은 잡생각을 털어 내고 자리에서 일어났다.

"일단 너에게 해야 할 일을 알려 주마."

"무엇이지?"

"곽운과 제갈천이 왕성에 간 건 알고 있지?"

김성현의 말을 들은 독고성이 깨달은 표정으로 외쳤다.

"무슨 말을 하려는 건지 알겠군! 나라 전체가 악교란 녀석들 손에 떨어진 거라면……."

독고성은 주먹을 꽉 쥐고 고개를 끄덕였다.

"알겠다. 그럼 먼저 곽운 님과 각주가 왕성에 가는 걸 막아야겠군!"

"알긴 개뿔!"

김성현의 호통에 독고성이 화들짝 놀랐다.

"뭐가 아니란 말인가?"

"쯧쯧! 유인책도 모르냐?"

"유인……? 아!"

"까놓고 말리려고 했으면 귀찮게 네놈을 기절시키고 깨어날 때까지 기다려 줬겠냐?"

독고성이 민망함에 볼을 긁적였다.

김성현은 마음에 안 든다는 투로 중얼거렸다.

"젠장! 사람 잘못 골랐나? 눈치가 이렇게 없을 줄이야."

"크흠!"

"일단 돌아가서 상황을 지켜봐라. 악교 녀석들도 머리가 있으면 너흴 이용하려 들 거다."

"알겠다. 일단 네 말대로 하지. 그럼 그만 가겠다."

그가 밖으로 나갈 준비를 하다가 김성현을 돌아봤다.

"할 말이라도?"

"그런데 왜 직접 우리 앞에 안 나타나고 나만 따로 부른 거지?"

차단막을 무시할 정도라면 아예 뚫고 회의 자리에 나타날 수 있었다. 이렇게 번거롭게 납치하고, 깨어날 때까지 기다려 줄 필요가 없었다.

"일찍도 물어본다."

"크흠!"

독고성이 헛기침을 했다.

김성현은 대수롭지 않은 목소리로 말했다.

"단순해. 무림맹이란 집단을 믿지 않거든."

"난 무림맹의 공격대를 맡고 있다만."

"알아."

"무슨 생각을 하는지, 지금 하는 말이 무슨 뜻인지 도저히 이해를 못하겠군."

"그냥 쉽게 말해 넌 믿을 만하다고 판단한 거다. 네가 나를 간절히 원한 것처럼."

"날 지켜보고 있었군."

김성현은 말없이 미소만 지었다. 독고성은 머리를 긁적이며 집 밖으로 사라졌다.

많은 생각이 머릿속에서 복잡하게 얽혀 있을 것이다. 그 사정까지 자신이 알 바는 아니었다. 중요한 건 독고성이 자신이 원하는 방향내로 움직여 줄 수 있느냐다.

'일단은 악교 놈들이 머리를 내밀 때까지 기다린다.'

아주 미세하게 내밀어도 좋다. 그 부분만 잡을 수 있으면 몸통까지 단숨에 알아낼 자신이 있었다.

김성현은 거뭇거뭇한 창문 밖 하늘을 보았다.

마교의 무인들은 경험치가 제법 짭짤했다. 천마는 무려 레벨을 하나 올려 줬다.

레벨의 제한이 풀렸지만 100레벨부턴 경험치가 거의 안 오르는 걸 생각해 보면 엄청난 것이었다.

악교는 그들보다 더 강할 테니 훨씬 더 많은 경험치를 줄 것이다.

"호호호!"

요 반년간 레벨 업 하는 재미에 푹 빠져 살았다.

그것 때문에 죽을 뻔한 경험도 한두 번이 아니다. 근데 그게 또 미치도록 재밌다. 다른 특이 케이스들은 그런 재미를 못 느끼니 불쌍할 지경이었다.

'그래도 크게 강해지는 건 아니지만.'

올리는 재미가 있는 거지, 특이 케이스한텐 사실 레벨은 부가적인 힘이었다. 테베즈가 레벨의 제한을 괜히 풀어 준 게 아니다.

'치사한 놈.'

특이 케이스의 진정한 강함은 선천적으로 타고난 힘과 게임 내에서 획득하는 아이템이었다. 레벨 업 할 때마다 받는 5포인트가 아니라.

물론 레벨이 아무짝에도 쓸모없는 건 아니다. 쌓이고 쌓이다 보면 티끌 모아 태산 정도는 된다. 그러나 앞으로 상대할 적들은 그런 태산 정도로는 부족하다.

김성현은 투박한 반지를 보며 중얼거렸다.

"메인은 이거지."

운영자의 아이템. 이걸 모아야만 진정으로 시스템에 도전할 수 있다.

하지만 이것도 시간이 좀 걸릴 것이다. 그 전까진 할 수 있는 걸 최선을 다해 할 뿐.

"그게 바로 레벨 업이지."

시작했던 말과는 상반되는 결말이었지만 맞는 말이었다.

김성현은 상태창을 열었다. 대형 이벤트를 앞두고 점검을 할 때였다.

※ ※ ※

한 남자가 검은 연기를 흘리는 곰방대를 쥐고 있다.

남자는 움푹 파인 눈을 하고 있었다. 피골은 상접해 있었으며, 가죽은 수분이 사라진 것처럼 메말라 있었다.

남자가 곰방대를 한 번 빨아들이고 내뱉었다.

"후우……."

각종 독성이 뒤섞인 메케한 담배 연기가 허공으로 흘러나온다.

남자는 자리에서 일어났다. 키는 굉장히 작았고, 등은 굽어 있었다.

그는 손에 들린 곰방대를 옆에 놓인 작은 탁자에 내려놨다.

"귀찮군."

남자가 작게 중얼거렸다.

검은자위밖에 보이지 않는 남자의 눈에서 묘한 빛이 흘러나왔다.

그의 신형이 검은 연기로 뒤덮이며 방 안에서 자취를 감췄다.

그리고 나타난 곳은 왕마전(王魔殿)이란 건물 안이었다.

왕마전에 있던 검은 의복의 사내들이 남자를 향해 부복했다.

"교주를 뵙습니다!"

그들이 동시에 외치자 우렁찬 목소리가 왕마전을 쩌렁쩌렁 울렸다.

남자, 악교 교주 마락경은 옥좌(玉座)에 버금가는 의자

위로 미세한 움직임도 없이 뛰어올랐다.

사뿐히 앉은 그는 묵직한 눈으로 교도들을 둘러보았다.

"어떻게 진행되고 있지?"

마락경이 입을 열자 왕마전 전체가 진동했다.

가장 앞에 있던 이가 부복한 채로 말했다.

"하 나라는 거의 저희 밑에 무릎을 꿇었습니다."

"적락은."

"그것이……."

사내가 말끝을 흐렸다.

마락경의 눈가가 파르르 떨렸다.

"또 그자인가."

"그렇습니다."

"마교를 단독으로 괴멸시킨 것도 모자라 이젠 혈교까지……. 허허!"

마락경은 웃음을 터트렸지만 표정엔 깊은 분노가 자리 잡고 있었다.

누군지도 모를 놈 때문에 모든 계획이 틀어졌다. 특히 마교는 아주 큰일을 도맡은 상태였다.

머리가 지끈거려 왔다.

"위치를 파악했나?"

"……."

"파악했냐고 물었다."

거대한 살기가 사내를 짓누르기 시작했다. 사내는 인상을 찌푸리며 힘겹게 입을 열었다.

"아, 아직입니다."

"이번에도 말이냐."

"죄, 죄송합니다!"

"아니다. 굳이 죄송할 필요는 없느니라."

"죄, 죄송……!"

사내는 말을 끝맺지 못했다. 무형의 힘이 사내의 목을 베어 버렸기 때문이다.

툭! 하고 머리가 떨어졌다. 모든 교도들이 동시에 마른침을 삼켰다.

대체 누가 천마더러 천하제일인이라고 했던가.

그건 마락경의 존재를 모르기에 할 수 있는 말이었다.

그 천마조차도 마락경에겐 오초지적에 불과했다. 그것도 단 한 손만을 사용해서.

마락경이 마음만 먹으면 동방은 물론이고 서방까지 통일할 수 있었다. 그에게 군대란 의미 없는 숫자 노름이었다.

그럼에도 음지에만 숨어 있는 이유는 간단했다.

"인과의 시계를 가져오라."

그가 평범한 인간이 아니기 때문이다.

그는 인과율의 허락이 없다면 움직일 수 없는 초월적 존재였다. 그저 강한 힘을 이룩한 초월자와는 다른 개념이었다. 굳이 따지자면 신, 혹은 마왕.

마락경, 그는 마왕 앙그라 마이뉴가 현세에 만들어 놓은 화신이었다.

교도 하나가 품을 꽉 채울 정도로 큰 시계를 가져왔다. 시계엔 동방에서 볼 수 없는 특이한 문자와 숫자가 적혀 있었다.

마락경이 손을 뻗었다. 커다란 인과의 시계가 그의 손으로 빨려 들어갔다.

인과의 시계는 여태껏 채운 인과율을 표기하는 기물이었다. 시계라 부르는 이유는 형태가 시계와 아주 흡사했기 때문이다. 한 나라의 문명으론 시계를 만들 수 없지만, 그는 애초에 이 세계의 존재가 아니었다.

"다행히 얼마 남지 않았군."

시계를 붙잡은 마락경은 옅은 미소를 지었다.

다섯 개의 바늘이 12시에 거의 도달해 있었다.

곧 500년간 쌓아 온 인과율을 통해 앙그라 마이뉴를 강림시킬 수 있다.

지독히도 긴 세월이었다.

마락경은 입꼬리를 올리며 시계를 던졌다. 들고 온 사내가 몸을 던져 시계를 받았다.

"아쉽긴 하지만 진행을 아예 못할 건 아니지. 왕을 만나야겠군."

"곧장 이곳으로 데려오겠습니다."

동방에서 가장 거대한 나라의 왕을 서슴없이 데려오겠다고 하는 사내.

마락경은 감흥도 없다는 듯 손을 저었다.

"됐다. 그들에게 굳이 이곳을 알려 줄 필요는 없지."

혹시나 개미들이 악교의 총본산을 알게 되면 딴마음을 품을 수도 있다. 그래 봐야 정파 떨거지들을 모아 쳐들어오는 게 다겠지만 그런 사소한 귀찮음도 싫었다.

더 이상의 시간 끌기는 마왕의 기분만 언짢게 할 뿐이다.

"곧 출발한다. 자리를 마련해 놓도록."

"존명!"

왕마전 내에 있던 교도들이 모두 사라졌다.

마락경은 오랜만에 주먹을 쥐었다 폈다 했다.

"마왕님을 부활시키기 위해선 반드시 그 녀석을 죽여야겠지."

마교와 혈교를 무너트린 장본인.

분명 자신 앞에 나타날 것이다.

쉬운 상대는 아니라고 생각하지만 그래 봐야 인간 수준.

"그나저나 국왕은 많이 컸으려나?"

마락경의 눈이 악마의 그것처럼 어두워졌다.

❋ ❋ ❋

김성현은 하품을 하며 상태창을 점검 중이었다.

이름:김성현

레벨:119(Exp 43.92퍼센트)

종족:드래고니안(지구 출신)

직업:이능 마검사

SP:170/170

능력치:능력치 포인트 0(레벨 업당 5포인트 지급)

근력 202(358+30퍼센트) 민첩성 130(358+30퍼센트)

지력 85(508+30퍼센트)

체력 108(208+30퍼센트) 마력 306(508+30퍼센트)

이능력 427(178+30퍼센트)

타이틀:

죽음조차 두려워하는 자(3Lv(성장형),

모든 능력치 30 상승)

드래곤 슬레이어(9Lv, 모든 능력치 30 상승(이능력 제외),

용족 대상 10퍼센트 추가 피해)

레인보우 워프에 도달한 자(9Lv, 모든 능력치 25 상승,

공간계 능력 사용 시 모든 능력치 3퍼센트 증가)

신격(6Lv, 모든 능력치 25 상승, 신성력 사용 시 15퍼센트

추가 공격력 상승, 악마족 대상 15퍼센트 추가 피해)

*드래곤 하트(82퍼센트)+현자의 돌:모든 능력치 30 상승

*드래곤 하트(82퍼센트)와의 동화율 86퍼센트:

모든 추가 능력치 17퍼센트 상승

*현자의 돌과의 동화율 98퍼센트:

모든 추가 능력치 13퍼센트 상승

*드래곤 하트(82퍼센트)+현자의 돌의 융화로 기존의

육체가 '마력 최적화형 육체:에테르 모드'로 변환

*에테르 모드로 인해 2급 마도사 유지(1급으로 격상 가능)

*드래곤 하트(82퍼센트)의 영향으로 종족이 인간에서

드래고니안으로 변환

 반년 전 직업 관리소에서 추천받은 대로 근력 1, 마력, 이능력 2씩 꾸준히 올려 왔다.

 그리고 신격이라는 타이틀을 손에 넣었다.

 이로써 김성현도 신의 반열에 올랐다고 할 수 있었다.

하지만 천계에 오르진 않았다. 신격 타이틀 덕에 천계 에피소드를 진행할 수 있었지만 적정 레벨이 300대였다. 특이 케이스라곤 하지만 지금으로선 부담스러운 난이도다.

그 외에도 여러 아이템을 얻어 추가 능력치가 꽤 많이 올랐다.

반대로 잃은 아이템도 있었다. 아셉트의 단검과 프레이야가 준 목걸이가 바로 그것이었다.

"아셉트야 내구도가 얼마 남지 않아서 마음의 준비는 하고 있었지만, 목걸이는 너무 아쉬워."

자신의 욕심 때문에 목걸이의 보호 마법이 강제로 발동되었다. 잃은 만큼 얻긴 했지만 그래도 아쉬움은 남아 있었다.

김성현은 장비창을 열어 반년간의 큰 소득이라 할 수 있는 두 아이템을 확인했다.

[카락카스의 벨트]
분류:벨트
등급:레전더리
레벨:35
내구도:4,993/5,000
직업:마법사류 직업(마검사 사용 가능)

근력 +150

민첩성 +150

특수 능력:30분에 1회 삿된 자의 포효(9레벨), 한 시간에 1회 배덕한 자의 늪(9레벨, 마력 허용 선에서 딜레이 없이 사용 가능), 거짓된 자의 눈빛(9레벨, 상시 적용)

설명:오래전, 한 나라를 멸망시킨 미치광이 마법사 카락카스의 벨트이다. 생전 그가 강력한 저주 마법으로만 인챈트해 놓은 벨트인 만큼 적을 무력화시키는 데 탁월한 효과를 가졌다.

[붉은 마룡의 눈]

분류:목걸이

등급:레전더리

레벨:37

내구도:2,480/2,500

직업:제한 없음

마력 +300

지력 +300

암(暗) 속성 저항

특수 능력:저주와 공포(9레벨, 상시 적용), 마룡의 발톱(9레벨, 마력 허용 선에서 딜레이 없이 사용 가능), 2일에 1회

폭주와 분노(9Lv)

　설명:고대에 존재했던 마룡 타르타로스의 눈이다. 전설적인 영웅에 의해 패배한 타르타로스의 분노가 고스란히 남아있다.

　카락카스의 벨트 같은 경우는 퀘스트 보상으로 받은 것이고, 붉은 마룡의 눈은 프레이야의 목걸이를 잃은 곳에서 얻은 아이템이었다.

　벨트야 그렇다 쳐도 마룡의 눈은 진짜 획득 난이도가 깡패였다.

　다섯 마리의 타락한 드래곤을 단신으로 상대하라니. 말인지, 방귄지.

　모든 창을 다 닫고 이번엔 스킬창을 열었다.

[스킬]

액티브:공간 이동(9Lv), 불(8Lv), 물(8Lv), 바람(8Lv),
땅(8Lv), 쇠(8Lv), 에어리어 룰러(3Lv), 익스플로전(7Lv),
토벽(土壁)(6Lv), 브레스(8Lv), 마력 보호막(8Lv),
마그마 누킹(4Lv), 수룡파(水龍波)(4Lv),
칼날 태풍(4Lv), 어스퀘이크(4Lv), 강철 영혼(4Lv)

패시브:전격(MAX), 최상급 마법의 이해(4Lv),
에테르 모드(6Lv), 신성(3Lv), 고대의 가르침(MAX)

 제법 많은 스킬이 생겼다. 그중엔 직접 창조해 낸 마법도 있었다.
 액티브 스킬 가장 밑에 있는 마그마 누킹부터 강철 영혼까지가 5원소를 바탕으로 만든 최상급 마법이었다.
 그 외에도 마력 보호막이란 스킬을 얻었고, 신격을 얻으며 신성도 얻었다.
 신성 덕분에 김성현은 듀란달이 아니어도 고유의 신성력을 일으킬 수 있었다.
 고대의 가르침은 고대의 석판에서 얻은 힘이었다. 강한 힘이나 저주가 걸려 있지 않는 이상 한 번 본 것으로도 본질을 파악해 낼 수 있었다.
 생각보다 많이 강해졌다.
 "나도 그만 일어나 볼까."
 김성현은 스킬창을 닫고 일어났다.
 몰래 독고성이 하는 일을 지켜볼 생각이었다. 그에게 지시를 내리긴 했지만 솔직히 믿고 있지 않았다.
 "왕성을 주시하고 있으면 되려나."

이참에 악교와 바로 맞닥뜨려도 나쁘진 않다. 오히려 그편이 시간도 단축되고 좋다.

김성현은 가볍게 몸을 풀고 사전에 봐 둔 하 나라의 왕성으로 이동했다.

✹ ✹ ✹

곽운과 제갈천은 옥좌에 앉아 있는 하 나라의 국왕, 하청을 보고 있었다.

하청은 지난날 마음고생이 심했는지 눈 밑으로 음영이 짙게 자리 잡고 있었다.

"그대들이 무슨 일인가?"

"전하, 동방 대륙을 괴롭히던 마교와 혈교가 무너졌나이다."

"마교에 대해선 이미 알고 있다. 혈교는 무슨 말인가?"

"혈교 역시 의문의 영웅이 나타나 교주 적락의 목을 베었습니다."

"뭣이?"

하청의 눈이 미세하게 떨려 왔다. 마교에 이어 혈교까지 무너졌을 거라곤 생각하지 못했다.

본래 같았으면 국왕 직속 정보부를 통해 알아냈어야 할 정보였다. 그러나 왕궁은 모든 기능이 마비됐다고 해도 과

언이 아니었다.

하청이 조금 더 말해 보라 하자 제갈천이 고개를 깊이 숙이며 말했다.

"거대한 두 세력의 붕괴로 어느 정도 평화가 찾아왔습니다. 하나……."

"하나?"

"조사한 바에 따르면 그들의 뒤엔 또 다른 세력이 있다 하옵니다."

"무, 무슨 세력?"

하청이 짐짓 모른다는 얼굴로 물었다.

이미 하 나라가 악교의 손에 떨어졌다는 사실을 모르는 곽운이 대답했다.

"아직 정체까진 파악하지 못했습니다. 그러나 전하께서 은혜를 베풀어 주신다면 그들의 정체는 물론 토벌하는 것도 무리는 아닙니다."

"크흠!"

곽운의 강직한 표정을 본 하청이 헛기침을 했다.

'이들이 악교에 대해 어떻게 아는 거지?'

국왕인 그도 악교의 간부가 직접 찾아오고 나서야 그들의 존재를 알 수 있었다.

하청은 당장이라도 손톱을 물어뜯고 싶었다.

'젠장! 그들이 짐과 이자들이 대면하고 있다는 걸 알게 되면 가만히 안 있을 텐데?'

그 정도까진 아니었지만 이미 공포에 사로잡힌 하청은 정상적인 사고를 하지 못했다.

'가만, 만약 맹과 손을 잡고 악교를 친다면?'

굳이 어둠에 굴복하지 않아도 된다.

하청의 얼굴이 밝아지나 싶더니,

'아니야. 그들의 힘은… 무림맹의 저력으론 막을 수 없어.'

곧 다시 시무룩해졌다.

제갈천은 그런 하청을 보며 고개를 갸웃거렸다.

'뭐지?'

이건 별로 고민할 만한 문제가 아니었다.

애당초 나라의 존폐가 걸린 일이었다. 무능한 임금이란 얘긴 많이 들었지만 이 정도일 줄이야.

'그게 아니라면 뭔가 있나?'

어쩐지 불길한 기분이 들었다.

제갈천은 티 나지 않게 하청을 주시했다.

Chapter 2

 # 레벨이 대수냐

 곽운과 제갈천이 돌아가고 혼자 남은 하청은 깊은 고뇌에 빠져 있었다.
 그들의 제안은 분명 달콤했다. 솔직한 심정으론 그들과 손을 잡고 악교를 토벌하고 싶었다.
 그러나 악교가 가진 힘을 알기에 그럴 수 없었다.
 분명 죽어서 지옥에 가도 할 말이 없는 짓이지만 자신의 삶도 중요하지 않은가?
 '그래… 이렇게 된 거 차라리 악교 쪽에 이 사실을 알려 주자.'
 그렇게 하면 왕가는 꾸준히 유지해 나갈 수 있을 것이다.

정의를 추구하는 자들에겐 미안하지만 방법이 이것뿐이다.
하청은 굳게 마음먹고 자리에서 일어났으나 곧 다시 주저앉았다.
"흐흑! 이딴 게 한 나라의 지아비라니……."
악교에게 모든 걸 내준다면 하 나라는 반드시 파멸한다.
왕가가 유지된다? 개소리다. 그냥 행복한 상상일 뿐이다.
제일 먼저 쳐 낼지도 모른다. 나라 전체를 멸망시킬 수도 있다.
머리가 깨질 듯이 복잡했다.
거의 200년간 유지시켜 온 나라가 사악한 종교에 의해 무너진다니, 조상들을 뵐 낯이 없다.
그때였다. 문이 열리며 검은 연기가 스산하게 흘러 들어왔다.
하청은 떨리는 눈을 진정시킬 수 없었다.
"다, 당신들은……."
"또 뵙소, 왕."
검은 의복의 사내의 인사에 하청은 몸이 경직됨을 느꼈다. 수백 마리의 뱀이 전신을 옭아매는 느낌이다.
사내가 하청의 코앞까지 다가갔다.
"인사를 하지 않소. 일국의 국왕이라면 기본적인 예의는 갖춰야 하지 않겠소?"

사내가 뱀과 같은 눈을 번뜩이며 말했다.

"바, 반갑소."

하청이 인사하자 그제야 사내의 얼굴에 미소가 그려졌다.

"옳지. 그래야지."

사내는 연기처럼 뒤로 스르르 물러났다.

하청은 목구멍으로 침이 넘어가는지, 바늘이 넘어가는지 모를 지경이었다.

실로 두려운 압박감이었다. 살면서 온갖 고초를 다 겪으며 왕좌를 차지한 그조차 사내는 경험해 보지 못한 부류의 인간이었다.

사내가 말했다.

"왕을 뵙고 싶어 하는 분이 있소."

"짐… 아니, 나, 나를 말이오?"

"그렇소."

사내가 빙긋 웃으며 대답했다.

하청은 웃음 속의 섬뜩함에 아무 말도 못했다. 몸이 사시나무 떨리듯 떨려 온다.

두터운 소매 안에서 주먹을 꽉 쥐었다. 조금이라도 두려움을 지우기 위한 발악이었다.

사내는 미세하게 입꼬리를 올리며 열린 문 방향으로 부복했다.

"들어오십시오, 교주님."

'교주?'

교주란 말에 하청의 눈이 번쩍 뜨였다.

사내가 부른 이가 바로 마교와 혈교를 휘하에 둔 악교의 교주였다.

스스스!

스산한 바람이 장내에 불어왔다. 하청은 알 수 없는 오싹함에 닭살이 오소소 돋았다.

쿵!

문밖에서 북 치는 소리가 들려왔다.

쿵! 쿵!

북이 연달아 울려 퍼지며 묘한 기시감이 느껴졌다.

이 상황을 언제 한 번 겪은 적이 있던 것 같다. 그게 언제였을까? 하청은 곰곰이 생각했다.

'언제였지?'

한참을 생각하고 있을 때 북 치는 소리가 그쳤다. 그리고 기다란 흑룡포를 입은 마른 노인이 방 안으로 들어왔다.

하청은 벌어진 입을 다물 수 없었다.

"당신은……!"

찝찝하던 기시감의 정체를 깨달았다. 하청은 흑룡포의 노인을 알고 있었다.

노인, 마락경이 하청에게 자연스럽게 하대했다.

"오랜만이구나. 많이 컸군."

"……."

하청이 벌떡 일어났다. 오래전 끔찍했던 공포가 되살아난다.

아직 세자였던 시절, 하청은 매일같이 암살의 위협을 당했다. 그것도 형제들에게 말이다.

하청에겐 2명의 남동생과 하나의 여동생이 있었다.

여동생은 막내로 착한 심성의 소유자였다.

문제는 두 남동생이었는데, 그들은 끝을 모르는 탐욕을 가지고 있었다.

여린 성격의 하청은 그들의 눈엔 맛좋은 먹잇감이었다. 정말 질리도록 독이 섞인 음식을 먹었으며, 화살에 맞아 생사를 오간 게 다섯 번을 넘었다. 실제로 자고 있을 때 암살자가 찾아왔던 적도 많았다.

당시 하 나라의 국왕이자 아비였던 하은은 하청을 불쌍히 여겨 호위 무사 하나를 붙여 주었다.

꽤 젊은 고수였다. 검술의 달인으로 무림에서도 정평이 나 있었다. 만독불침지체도 이룩하여 독에도 엄청난 면역을 가지고 있었다.

형제들의 암살은 호위 무사 덕분에 번번이 실패했다.

삶의 질이 무척이나 높아졌다. 하청은 호위 무사를 어여뻐 여겼다.

그러던 어느 날, 형제들이 몽땅 죽었다. 그 순하던 여동생까지도.

범인은 바로 그의 호위 무사였다.

포승줄에 묶여 있는 그를 보며 하청은 무수히 많은 생각을 했다.

그를 살려 주고 싶었다. 그가 있다면 왕위에 올라도 겁나지 않을 것 같았다.

호위 무사를 살리기 위해 수단과 방법을 가리지 않았다. 그리고 후회는 꽤 빨리 찾아왔다.

하청이 사용한 방법은 고대 주술이었다. 자리의 힘을 이용하니 고대 주술 정도는 쉽게 준비할 수 있었다.

고대 주술이 정상적으로 발동하며 호위 무사를 살릴 수 있었다. 더불어 평생 자신의 옆에 남겨 두는 것도 가능했다.

그러지 말았어야 했다. 고대 주술 같은 것에 손을 대면 안 됐다.

하청은 마락경을 보며 떨리는 입술을 열었다.

"대, 대체 당신이 왜 이곳에 있는 것이오……!"

"호호호! 스무 해 정도가 지났나? 왕위에 잘 오른 것 같아 기분이 좋구나."

"말도 안 돼. 악교는… 악교는 그런 곳이었단 말인가……."

하청이 허망한 목소리로 중얼거렸다.

고대 주술에서 소환된 '악마'. 그건 바로 앙그라 마이뉴의 화신, 마락경이었다.

마락경은 고대 주술로 소환되자마자 하청이 원하는 걸 모두 이루어 주었다.

다만 방식에서 차이가 있었다.

하청은 세간에 피의 군주라는 별명을 가지고 있었다. 그의 소심한 성격과는 어울리지 않는 별명이었다.

그런 별명이 생긴 이유는 간단했다.

"그때 네 덕분에 많은 생명을 모을 수 있었어. 너에겐 아주 감사하단다."

마락경이 모두 죽였기 때문이다. 호위 무사만을 살린 채로.

그리고 그 호위 무사는 마락경의 본질을 느끼고 자결했다.

아무것도 남지 않았으니 하청은 당연히 왕위에 오를 수 있었다.

하청은 떨리는 목소리로 말했다.

"내, 내가 원한 건 그런 게 아니었소."

"그럴지도 모르지. 그런데 그것까진 나랑 상관없지 않나?"

상대는 마왕의 화신.

하청은 입술을 피가 날 정도로 깨물었다.

악교가 그의 것이란 걸 알았다면 죽는 한이 있어도 무림맹과 손을 잡았을 것이다.

아니, 모두 부질없다. 어디와 손을 잡든 결국 마락경의 뜻대로 될 테니까.

하칭이 허탈하게 웃었다.

"무슨 재밌는 일이라도 있는가?"

마락경이 나긋한 목소리로 물었다.

하칭은 더 이상 떨고 있지 않았다. 그는 마락경의 눈을 똑바로 쳐다봤다.

"재밌는 일은 없소."

"호오, 그 눈빛은 뭔가?"

"원하는 게 뭐요?"

"호호! 체념한 것인가?"

"이러나저러나 결국 당신의 손아귀에 모든 게 떨어지겠지. 한심스럽게도 살았어……."

자조적인 미소를 지은 하칭이 작게 한숨을 쉬었다.

그는 마락경에게 한 가지 부탁을 했다.

"당신이 원하는 걸 모두 들어주겠소. 대신 한 가지만 약조해 주시오."

"약조라……. 들어 보고 생각하지."

마락경이 비릿한 목소리로 대답했다.

하청은 눈살을 찌푸렸다. 마음에 안 들면 안 들어주겠다는 말이다.

주먹이 쥐어졌지만 화를 낼 순 없었다. 지금 상황에서 갑은 명백히 그였으니까.

하청은 속으로 '제발! 제발!'을 중얼거리며 원하는 것을 말했다.

"백성들을 가만히 놔둬 주시오."

"놔둬 달라?"

"죽이지 말아 달라는 말이오."

"흠……."

마락경은 턱을 문지르며 고민하는 표정이 되었다. 고민을 한다는 것은 들어줄 만한 요구라는 뜻이다.

고민을 마친 마락경이 씩 웃으며 대답했다.

"그 정도는 상관없겠지. 모두가 그분의 노예가 될 터이니."

"그분이라면… 당신들이 부활시키려고 하는 신을 말하는 것이오?"

"그런 것까지 말해 주었나?"

마락경이 찌릿한 눈으로 부복한 사내에게 물었다.

사내는 전신을 바늘로 찌르는 듯한 살기를 느끼며 답했다.

"그, 그렇습니다."

"한심한고로."

"죄송합니다."

"됐다. 딱히 비밀은 아니니까. 맞다. 그분이 바로 우리의 신이다."

"…그가 부활하게 되면 세상은 어떻게 되오?"

"흐흐!"

마락경의 스산한 웃음소리에 하청은 심장이 바짝 조여오는 것 같았다.

"멸망은 하지 않는다. 다만."

마락경이 오른손을 들며 말을 이었다.

"모든 생명체가 그분 앞에 무릎을 꿇겠지."

사악한 마기가 그의 손바닥을 타고 흘러나왔다.

하청은 두 눈을 감았다.

결국 세상은 혼돈에 휩싸이게 된다.

"내게 무얼 원하는지 말하시오."

"쉽다. 근래에 날뛰는 벌레 한 마리가 있다. 너도 알고 있겠지?"

"마교와 혈교를 무너트린 의문의 사내 말이오?"

"그래. 무림맹을 이용해서 내 앞에 대령해라. 그리 어렵진 않을 것이야. 그 녀석도 나를 노리고 있을 테니 미끼를 덥석 물겠지."

"…알겠소."

하청이 마지못해 대답했다.

마락경은 기쁜 얼굴로 몸을 돌렸다.

"그럼 기다리고 있지. 하하하!"

장내를 터트릴 기세로 내공을 섞은 웃음소리가 울려 퍼졌다.

사내는 마락경이 나간 것을 보고 하청에게 경고했다.

"허튼 수작 부릴 생각 마시지요, 전하."

그러곤 어둠과 함께 사라졌다.

홀로 남은 하청은 가만히 있다가 밖에 있을 환관을 불렀다.

"여봐라. 맹에서 온 손님을 불러들여라."

"예, 전하."

이젠 돌이킬 수 없다. 최소한의 백성만이라도 살려야 한다.

※　※　※

김성현은 왕성을 지켜보고 있었다.

곽운과 제갈천이 왕의 집무실을 빠져나오는 모습이 보였다.

김성현은 두 사람과 왕의 대화를 떠올렸다.

왕은 그들에게 일단 생각할 시간을 달라고 했다. 곽운이 시간이 촉박하다 다그쳤지만 왕은 묵묵부답이었다.

제갈천은 아무 말도 하시 않았다. 무림맹의 최고 군사인 자다. 왕의 태도에서 이상함을 느꼈기에 그랬을 거라 추측됐다.

"저들이 잘해 줘야 하는데."

악교를 밖으로 끌어내리면 무림맹의 역할이 중요하다.

김성현은 왕의 집무실을 좀 더 지켜보다가 몸을 돌렸다.

그때 묘한 이질감이 집무실 쪽에서 미세하게 느껴졌다. 보통 사람이라면 체감조차 못할 정도였다.

김성현은 거짓말처럼 들어맞는 타이밍에 볼을 긁적였다.

"이것 참."

이질감은 꿀렁거리며 집무실 안으로 들어갔다.

집무실에서 들려오던 왕의 숨소리가 감쪽같이 사라졌다. 소리를 차단한 것이다.

누군진 모르겠지만 상당한 실력자다. 아무리 자신이라도 인기척을 숨기고 차단막을 뚫을 자신이 없었다.

김성현은 조금 고민하다 인벤토리에서 스크롤 한 장을 꺼냈다.

엄지에 마력을 집중시켜 스크롤을 밀봉하고 있는 밀랍을 녹였다.

[스크롤을 사용하시겠습니까?]

[Yes/No]

"당연히 예스지."

펼쳐진 스크롤에서 환한 빛이 흘러나왔다.

주홍빛 가루를 흘리며 소멸하는 스크롤.

김성현의 신형이 점점 흐릿해지며 공기 중으로 천천히 흩어지기 시작했다.

[스크롤 '먼지화'를 사용하셨습니다.]

그의 육체가 육안으로 확인할 수 없는 미세한 먼지가 되었다.

먼지가 된 육체는 어렵지 않게 차단막을 넘어갔다.

김성현은 가장 먼저 겁에 질린 왕을 보았다. 그다음은 흑의를 입고 있는 사내였다.

사내는 뱀 같은 얼굴을 하고 있었고, 기분 나쁜 기운을 숨기지 않았다.

'저 녀석, 악교의 인물이다.'

보자마자 확신할 수 있었다.

동방에서 저 정도의 강자는 흔치 않다. 그런데도 지금까지 알려지지 않았다는 건 그가 음지에서 활동하는 인물이기 때문이다. 그것도 아주 깊고 깊은 어둠 말이다.

단순히 은거기인일 수도 있다. 하지만 그럴 리는 없었다.

'개소리지.'

애당초 사내가 가지고 있는 기운부터가 사악하기 그지

없었다. 그거 하나만으로 악교라고 단성할 수 있었다.

그때 사내가 왕에게 한마디 하더니 문 쪽으로 부복했다. 그러곤 커다란 북소리와 함께 거대한 기운이 갑자기 나타났다.

문이 열리며 대해(大海)와 같은 힘이 몰려왔다.

흑룡포를 입고 있는 아주 왜소한 노인이 안으로 들어왔다. 묵직한 무언가가 집무실 전체를 짓눌렀다.

김성현의 보이지 않는 입가에 미소가 번졌다.

'이렇게 보게 되네.'

예상치 못한 장소에서 보스 몬스터를 발견했다.

* * *

김성현은 높은 절벽에 걸터앉아 아까 있었던 일을 떠올렸다.

"예정대로 진행할 수 있겠어."

갑자기 악교가 나타나 계획이 틀어지면 어쩌나 싶었다.

하지만 그들은 자신에게 도움이 되는 방향으로 왕을 움직였다. 그게 자신의 목을 옥죄는 것이란 걸 모르고 말이다.

이건 더 이상 걱정거리가 아니었다. 문제는 악교 교주로 보였던 흑룡포의 노인이었다.

그는 인간이 아니었다. 다른 사람 눈은 속여도 자신의 눈은 절대 속일 수 없다.

앙그라 마이뉴의 기운이 강하게 느껴지는 걸 보면 화신이거나 놈 휘하의 군단장일 수도 있다. 이러나저러나 상당한 신격이라는 것이다.

"차라리 잘됐어."

신격을 쓰러트리면 김성현에게도 여러모로 떨어지는 게 많았다.

일단 상대가 수집한 인과율을 흡수할 수 있다.

플레이어에게 인과율은 그다지 필요가 없다.

그러나 다른 신적 존재와 거래할 때 인과율은 화폐로 취급할 수 있었다.

또한 타이틀 '죽음조차 두려워하는 자'의 레벨을 올리는 데 도움이 된다.

이 타이틀은 각 에피소드의 초월적 존재들을 쓰러트릴 때마다 성장한다.

이 두 개만으로도 상당히 짭짤했다.

"이만 가 볼까."

지금쯤 왕의 협력을 받아 냈다는 소식을 안고 곽운과 제갈천이 맹에 도착했을 것이다. 그곳으로 가 상황을 지켜볼 생각이었다.

악교의 위치도 뱀 같은 사내에게 추적술을 걸어 놨기에 파악해 놓은 상태다.

판은 완벽하게 짜였다.

"수저만 들면 되겠어."

김성현은 그리 중얼거리며 무림맹으로 이동했다.

※ ※ ※

곽운은 맹에 도착하자마자 간부들을 모두 소집했다.

모두가 대기하던 상태라 모이는 데까지 오래 걸리지 않았다.

마지막으로 화산파 문주 패탁로가 자리에 앉자 제갈천이 입을 열었다.

"왕궁이 힘을 빌려 주기로 했습니다."

"오오! 다행이오!"

"그러게 말입니다."

모두가 잘됐다는 얼굴로 서로를 보며 웃음꽃을 피웠다.

제갈천도 옅은 미소를 지으며 말을 이었다.

"왕궁의 힘이 많이 약해져 있긴 하나 군대를 동원한다면 해 볼 만하다고 생각합니다. 그들의 세력 규모가 어느 정도인지 모르는 상태지만, 생각보다 작다면 걱정거리가 아니겠지요. 현재 무령각의 힘을 총동원해서 꼬리를 쫓고 있으니 금방 소식이 올 겁니다."

"흐흐! 그놈들을 하루라도 빨리 찢어 죽이고 싶군. 사악한 녀석들."

패탁로가 기대 가득한 목소리로 말했다. 그러나 반대편에서 회의적인 목소리가 들려왔다.

"하지만… 난 두렵소. 각주 말처럼 우린 놈들에 대해 잘 모르오. 무엇보다 제일 걸리는 점은 마교와 혈교가 그들의 휘하 세력이었다는 점이오. 그들의 규모가 작다고 칩시다. 그런데 하나하나가 천마 수준으로 강하다면? 천마까진 아니어도 적락 수준으로 강하다면?"

한청 도인의 말에 좌중이 조용해졌다.

당장 마교 하나만으로도 무림맹은 곤욕을 치렀고, 혈교에 의해 무림맹주가 살해당했다. 그런 마교와 혈교의 배후로 확신되는 세력이었다.

"솔직한 말로 왕궁의 군대를 동원한다고 그들을 쓰러트릴 수 있겠소?"

"그게 무슨 나약한 소리요!"

금뢰가 신경질적으로 소리치며 일어났다. 정파제일인답게 그 기세가 전각 전체를 짓누를 정도였다.

그러나 한청 도인은 눈 하나 깜빡하지 않고 그의 말을 맞

받아쳤다.

"난 지금 냉정한 현실을 말하는 것이오, 금뢰. 그대는 분명 우리 중에 제일 강하오. 하나 천마와 비교한다면 어떻소?"

"큭!"

금뢰는 화가 났지만 대꾸할 수 없었다. 천마에게 당했던 치욕이 떠올랐기 때문이다.

곽운이 한청 도인을 제지했다.

"그만하시오."

"난 현실을 말한 것뿐이오. 천마는 단신으로 여기 있는 모두를 상대할 정도의 강자였소. 안 그렇소?"

"그건……"

패탁로가 대답하려다 결국 입을 다물었다. 그만큼 천마는 그들에게 끝을 알 수 없는 괴물 같은 존재였다.

한청 도인이 계속해서 말했다.

"사실 난 겁이 나오. 그곳에 얼마나 많은 괴물이 있을지 두렵단 말이오."

담담한 한청 도인에 말에 모두가 귀를 기울였다.

"그런 괴물들이 바깥으로 튀어나오면 우린 과연 감당할 수 있을지, 만약 감당한다고 해도 얼마나 큰 피해가 발생할지 상상조차 하기 싫소."

"도인……"

무정 대사가 안타까운 얼굴로 한청 도인을 보았다.

한청 도인은 눈을 감고 고개를 숙였다. 거대 문파의 수장답지 않은 모습이었지만 모두가 그를 이해했다.

오히려 이 중에서 가장 용감한 건 바로 한청 도인이었다. 그에겐 자신의 두려움을 고백할 용기라도 있었으니까.

독고성은 갑갑한 마음에 한숨이 나올 것 같았다.

당장이라도 그들에게 희망을 안겨 주고 싶었다. 천마와 마교를 한꺼번에 무너트린 이가 우리의 배후를 지켜 주고 있다고, 그렇게 말하고 싶었다.

그러나 할 수 없었다. 그게 약속이었으니까.

'그래도 희망은 존재합니다.'

속으로라도 그들을 달래 주었다.

상황을 지켜보고 있던 제갈천이 입을 열었다.

"청 문주님 말씀도 일리가 있습니다만, 아예 손을 놓고 있는 것보단 낫지 않겠습니까?"

"그렇긴 하지."

"죽을 땐 죽더라도 발악은 해 봐야 합니다. 또 압니까? 그가 우리 앞에 나타나 악의 세력을 괴멸시킬지."

"그렇군. 그가 있었군."

마교와 혈교를 단신으로 부순 무명(無名)의 영웅. 제갈천은 계속해서 그의 존재를 생각하고 있었다.

"희망은 있습니다."

"맞습니다. 그는 뭔가를 알고 있는 게 분명합니다. 또다시 나타날 겁니다."

독고성이 제갈천의 말에 힘을 실어 주었다.

그제야 모두의 표정이 조금 밝아졌다. 단 한 사람을 제외하고.

"서방인으로 추정되는 자의 힘을 빌려 동방을 구한들 무슨 의미가 있을까."

"누구의 손으로 구해지는 게 중요합니까?"

"당연! 만약 그가 서방의 첩자라면 어떻게 할 셈인가?"

독고성은 '그렇지 않습니다!'라고 대답하고 싶었다.

그러나 아무 말도 할 수 없는 처지였기에 바지 자락만 움켜쥐었다.

제갈천이 금뢰의 눈을 똑바로 보며 말했다.

"악신을 부활시키려는 세력보단 서방이 훨씬 낫겠지요."

"그게 지금 맹의 최고 군사란 작자가 할 말인가!"

"그럼 다른 방법을 제시해 보십시오!"

두 사람의 언성이 점점 높아졌다.

"그걸 생각하는 게 군사 아닌가!"

"이게 제가 생각한 최고의 계획입니다."

금뢰가 손을 들어 올렸다. 공간을 일그러트릴 정도의 강기가 주먹에 맺혔다.

　제갈천은 크게 긴장했지만 티를 내지 않았다.

　곽운이 한숨을 쉬며 두 사람 사이를 가로막았다.

"그만하게."

"비키시오."

"자네, 정말 이럴 건가?"

"두 번 말하지 않겠소."

"허허! 나와도 한판 해볼 생각인가?"

"당신의 뜻이 각주와 같다면."

　금뢰의 전신을 두른 강기가 펄떡펄떡 뛰었다.

　곽운은 차게 식은 눈으로 검을 뽑아 들었다.

"한심하군. 당장 눈앞에 커다란 적이 있는데 멍청한 고집 때문에 일을 망치게 되는구나."

"헛소리 마시오! 내가! 내가 동방 무림을 구원할 테니 무덤에서 지켜나 보시지!"

　금뢰가 섬광처럼 곽운에게 다가갔다.

　정파제일인답게 엄청난 내공이 회의장 전체를 휩쓸었다. 간부들은 그를 말릴 생각도 못하고 몸을 피했다.

　곽운은 인상을 쓰며 검을 휘둘렀다.

　쾅!

　검과 주먹이 충돌하며 강한 충격파가 발생했다.

"큭!"

밀린 건 곽운이었다.

검성이란 별호를 가지고 있지만 정파제일인인 금뢰에겐 한 끗발 떨어질 수밖에 없었다.

금뢰의 망치 같은 주먹이 곽운의 머리를 향했다.

곽운의 신형이 유연하게 움직이며 주먹을 피했다.

그러나 한 수 앞을 내다보고 있던 금뢰의 발이 곽운의 허벅지를 눌렀다.

"크윽!"

"잘 가시오."

금뢰는 광기에 사로잡힌 얼굴로 팔꿈치를 높이 들었다. 그리고 곽운의 머리 쪽으로 세게 떨어트렸다.

그러나 갑자기 튀어나온 손 하나가 팔꿈치를 붙잡았다.

"진짜 한심한 새끼네."

처음 들어 본 목소리가 들려왔다. 금뢰는 굳은 얼굴로 목소리의 주인을 쳐다봤다.

그곳엔 김성현이 짜증 가득한 얼굴로 서 있었다. 그는 금뢰를 향해 주먹을 휘둘렀다.

"흡!"

금뢰가 급하게 몸을 틀어 주먹을 피했다. 그러곤 바닥을 짚고 다리를 뻗었다. 쇳덩이보다 더 단단하고 위력적인 발차기였다.

김성현은 같잖다는 얼굴로 듀란달을 쥐었다.

스악!

"크악!"

핏물이 허공으로 뿌려졌다.

금뢰는 잘린 다리를 부여잡고 뒤쪽으로 뛰어올랐다.

한쪽 무릎을 꿇고 있던 곽운은 멍한 얼굴로 금뢰를 쳐다봤다. 정파인 중 최강인 그가 급습이긴 하지만 허무하게 공격을 허용했다.

곽운은 시선을 돌려 김성현을 보았다. 서방의 복식을 한 그는 굉장히 젊은 사내였다.

"다, 당신은……."

"기다려 봐. 저 새끼 좀 죽여 놓고."

김성현의 신형이 사라졌다.

푸욱!

날카로운 게 살갗을 뚫는 소리가 들렸다.

그리고,

"끄아아아악!"

금뢰의 비명 소리가 울려 퍼졌다. 모두의 시선이 그쪽으로 향했다.

황금빛 검이 금뢰의 심장을 깔끔하게 꿰뚫고 있었다.

금뢰는 축 늘어진 시체가 되어 눕지도, 서지도 못한 자세가 되었다. 정파제일인의 최후라기엔 볼품없는 모습이었다.

김성현은 투덜거리며 듀란달을 뽑아냈다.

"짜증 나는 새끼. 기어코 내가 나서게 만드네."

그제야 금뢰가 바닥에 드러누웠다.

김성현은 손수건으로 칼날에 묻은 피를 대충 닦았다. 그러고는 살짝 짜증 섞인 얼굴로 모두에게 말했다.

"일단 만나서 반갑다."

시작은 당연히 하대였다. 그리고 이어진 말에 모두의 안색이 굳어졌다.

"내가 바로 그 누군지 모를 영웅이다."

✵ ✵ ✵

늦은 밤, 김성현의 방으로 독고성이 찾아왔다.

"어쩐 일이지?"

"오늘 갑자기 나타나서 좀 놀랐다."

"그럴 수 있지."

"왜 나타난 거지? 그땐 분명……."

"그냥 금뢰 같은 새끼들을 내가 세상에서 제일 싫어하거든. 자기보다 강한 상대가 나타나면 어떻게든 배척하려는 새끼."

 정파에선 그가 최강이니 스스로를 왕이라고 생각했을 것이다. 마교와의 싸움에서도 모두가 그를 우러러보고, 띄워 주니 주인공이라도 된 심정이었겠지.

 그게 타락의 원인이었다.

 김성현의 등장으로 금뢰에게 집중되던 시선이 모두 그에게로 쏠렸다.

 또한 자신이 이기지 못한 상대를 김성현이 쓰러트렸으니 배도 아팠을 것이다.

 거기다 사람들이 정체도 모르는 자를 희망이라고 띄어주니 소인배 성격상 어찌 참겠는가?

 이성이 마비되고, 정파제일인이라는 존재감이 사라지니 제갈천을 죽이는 것으로 위상을 다시 세우려고 했다. 곽운이 앞을 막아서니 그도 덩달아 죽이려고 한 것이고.

 "이래서 그릇이 작은 놈은 강한 힘을 가지면 안 돼. 자신만 파멸하지 않거든."

 독고성도 어느 정도 인정하는 바였기에 침묵했다.

 "여튼 당장 이곳엔 악교의 첩자가 없는 것 같으니 내 정체가 최대한 밖으로 발설되지 않도록 해. 그리고 아까도 말한 거긴 하지만, 죽인 건 내가 아니라 곽운 그 노인이라고 소문내고."

"알았다."

정파제일인이라는 자리는 중요하다. 정체도 모르는 김성현보단 맹에서 가장 명망 있고 실력이 뛰어난 곽운이 맡는 게 옳았다.

구구절절 맞는 말이었기에 독고성은 고개를 끄덕였다.

"따로 지시할 일은 없나?"

"됐어. 두 가지만 잘해 놔."

"알겠다."

독고성이 나가고 김성현은 침대에 드러누웠다.

이상한 놈 때문에 계획이 좀 꼬였지만 정보가 새어 나가는 것만 막으면 상관없다.

금뢰가 죽은 이유도 충분히 타당했고.

"그래도 파급력이 아예 없진 않을 거야."

정파제일인이 죽었다는 소식을 들은 악교가 과연 어떻게 움직일까.

주목해야 할 건 놈들의 귀추였다. 내일이 되면 알기 싫어도 알게 될 것이다.

그리고 슬슬 '그'를 만나러 가 볼 때가 됐다.

미래에 많은 활약을 할 인물이라 현 상황을 어떻게 보고 있을지 궁금했다.

그에게도 이번 문제는 직접적으로 연관이 되어 있을 테

니까.

✦ ✦ ✦

다음 날, 금뢰의 짧은 추모가 이어졌다.
흑의를 가지런히 입은 곽운은 맹 내의 연못을 보고 있었다.
그는 어젯밤 있었던 일을 떠올리며 중얼거렸다.
"금뢰, 이 멍청한 사람."
욕심과 질투로 인해 무너져 버린 정파제일인.
지금까지 속 안에 숨겨 뒀던 검은 감정들을 어떻게 표출하지 않았을까.
아니, 숨길 필요가 없던 것일지도 모르겠다.
'그땐 김성현이란 자가 없었으니까.'
금뢰가 감정적이고 폭력적으로 변한 건 김성현이 마교를 궤멸시킨 직후였다.
그땐 단순히 감정의 동요 정도라고만 생각했다. 조금 더 빨리 그의 상태를 알아챘다면 죽지 않았을지도 모른다.
짧게 한숨이 흘러나왔다.
곽운은 그만 자리에서 일어났다. 조금 더 금뢰를 추모해 주고 싶지만 상황이 허락해 주지 않는다.
그는 곧장 회의장으로 향했다. 곧 왕성에서 손님이 올 것이다.

✶　✶　✶

　김성현은 이른 아침부터 벌써 몇 시간째 명상을 하고 있었다.
　드래곤 하트와 현자의 돌의 마력을 적절히 운용하며 전신에 고루 퍼트렸다.
　그가 있는 방 전체가 아지랑이로 일그러진다.
　이마에서 은빛 기운이 새어 나와 혈맥을 타고 흐르는 마력을 자극했다.
　위잉!
　정좌를 하고 있는 몸이 살짝 떠올랐다. 등 뒤로 둥근 빛의 형상이 만들어지며 넓게 퍼졌다.
　벽에 세워져 있는 듀란달이 은빛 기운에 공명하며 황금빛 신성력을 일으켰다.
　은빛 기운, 김성현 고유의 신성력이 듀란달의 신성력과 뒤엉키며 점점 더 거대해져 간다. 김성현은 빛에 가려져 모습이 보이지 않을 지경이었다.
　"후우……."
　낮게 숨을 토해 낸 그가 천천히 눈을 떴다.

파지직!

몸을 타고 흐르는 뇌기가 눈에 닿자 푸른 안광이 번들거렸다.

김성현은 격동하는 심장을 느끼며 일어났다.

몸 안에서 흐르는 세 개의 힘이 서로를 극대화시키며 강해졌다.

두 손을 앞으로 뻗어 공을 잡듯 가볍게 모았다. 몸 전체에 퍼져 있는 기운들을 손바닥 안에 집중시켰다.

쿠웅!

결계로 보호되고 있는 방이 순간 터져 나갈 뻔했다.

김성현은 입술을 깨물고 집중했다. 손바닥 사이로 뒤엉킨 세 가지 기운이 구체의 형태로 압축된다. 팔 전체가 경련이 난 것처럼 떨려 왔다.

"후우!"

숨소리가 거칠어졌다.

여기서 집중이 깨지면 무림맹은 물론 하 나라의 절반이 날아가 버릴 것이다.

구체를 천천히, 아주 조금씩 압축시켰다.

수도꼭지를 튼 것처럼 땀이 줄줄 샌다.

그렇게 10분 정도가 흘렀다. 구체는 새끼손톱보다 더 작은 크기가 되었다.

김성현은 아랫입술을 깨물고는 손바닥을 세게 부딪쳤다.
 짝!
 박수 소리와 함께 보이지 않는 틈을 뚫고 빛이 터져 나왔다.
 "크윽!"
 김성현은 두 눈에 핏발을 세우고 방에 둘러놓은 결계를 끌어모았다.
 사각형의 결계가 순식간에 줄어들며 두 손을 가둬 둘 정도로 작아졌다. 그대로 손을 뺐다.
 제어력을 잃은 힘이 불규칙하게 퍼지기 시작했다.
 김성현은 전자력으로 듀란달을 끌어당기고 그대로 결계를 갈랐다.
 픽!
 금방이라도 터질 것 같은 힘이 움직임을 멈추었다. 그리고 사라졌다.
 "휴우, 몸풀기 끝."
 이 의미 없는 힘의 줄다리기는 매일 하는 아침 체조 같은 것이었다.
 김성현은 시원하게 흘린 땀을 수건으로 닦고 밖으로 나왔다. 맹에선 없는 사람처럼 굴어야 하기에 투명화도 잊지 않았다.
 밖으로 나오자 모두가 검은 의복을 입고 있었다. 금뢰의 추모식이 짧게 진행되고 있는 모양이었다.

'흥!'

그런 쓰레기 같은 놈을 위해 추모식이라니, 마음에 들지 않았다.

김성현은 독고성의 기척을 찾고는 그곳으로 이동했다.

독고성은 추모식에 가지 않고 뒤뜰에서 무공을 연마하고 있었다. 날카롭게 벼려진 검이 허공을 가르며 멋들어진 초식을 뿜냈다.

김성현은 투명화를 풀고 근처에 앉았다. 무아지경 상태인지 대놓고 인기척을 드러냈는데도 눈치채지 못한다.

"확실히 동방이 각종 냉병기나 무투술에 대한 이해도가 높긴 해."

특히나 개인의 성취가 놀라울 정도였다.

동방과 서방이 하나가 된다면 천계도, 마계도 쉽게 인간을 무시하지 못할 것이다.

하지만 1,000년 후의 미래까지 다녀온 김성현은 그게 불가능하단 걸 알고 있었다.

그때의 대륙은 본격적으로 동방과 서방이 나뉘어져 전쟁을 치르고 있었다. 그리고 서로의 이점을 얻기보단 없애려 들었다. 이후의 미래가 어떻게 될진 모르나 좋아질 거란 생각은 안 들었다.

"언제 왔나?"

한창 딴생각을 하고 있을 때 수련을 끝낸 독고성이 다가왔다. 땀을 얼마나 흘렸는지 몸 전체가 흠뻑 젖어 있었다.

김성현은 시원한 물을 만들어 그에게 끼얹었다.

"시원하군. 마법인가?"

"그래."

"고맙네."

그리 말하며 옆에 앉는 독고성.

"이제 어쩔 생각인가?"

"뭘 어째? 어제 말한 대로 하는 거지."

밤에 독고성과 독대하기 전, 모두에게 김성현이 했던 말이 있다.

"맹이 악교를 감당할 수 있을까?"

악교에 관해선 어제 김성현에게 모두 들었다.

독고성이 걱정스러운 얼굴을 하자,

"누가 감당하래?"

김성현은 피식 웃었다.

그가 했던 말, 그것은 무림맹이 악교의 함정에 일부러 빠지라는 것이었다. 그렇게만 하면 뒤는 자신이 알아서 하겠다고 했다.

"이미 왕성까지 집어삼킨 곳이네."

악교는 무서운 곳이었다.

아무리 많은 기능을 상실했다고는 하지만 한 나라의 왕을 심복으로 만들었다. 그리고 무림맹을 전멸시키고 악신을 부활시키려고 한다.

만약 김성현이 없었다면 꼼짝없이 당했을 것이다.

김성현이 그의 어깨를 주먹으로 툭 치며 말했다.

"사내놈이 왜 이렇게 걱정이 많아?"

"당연히 많을 수밖에 없잖나?"

그것도 그렇다.

김성현은 가볍게 스트레칭을 했다.

"어디 검 좀 부딪쳐 볼까?"

"무슨 소리지?"

"무기 들어라."

김성현이 마력을 전개하자 주변에 돔 형태의 막이 펼쳐졌다.

독고성은 불안한 시선으로 검을 쥐었다.

"나, 나와 싸우려고?"

"대련, 인마. 대련."

김성현은 듀란달을 뽑아 독고성에게 겨누었다.

"그냥 몸만 쓸 거야. 무슨 말인지 알지?"

"알겠다."

그의 말을 이해한 독고성은 자세를 잡았다.

김성현이 발끝으로 흙바닥을 툭툭 차나 싶더니 단숨에 거리를 좁혔다.

독고성은 말 그대로 간신히 반응할 수 있었다.

채앵!

두 검이 강하게 충돌했다. 김성현의 힘이 얼마나 강한지 아귀가 찢어질 뻔했다.

독고성은 이를 악물고 뒤로 몸을 움직였다.

"어딜!"

김성현은 땅을 박차고 매섭게 공격을 이어 나갔다.

챙! 챙! 채재쟁!

순식간에 다섯 번의 충돌이 벌어졌고, 독고성이 바닥을 굴렀다.

김성현은 그가 자세를 고쳐 잡을 때까지 기다려 주었다.

"후우! 후우!"

독고성은 검룡이라 불리며 젊은 나이에 초절정고수가 되었다. 그러나 더 젊은 김성현의 앞에선 무력했다.

하지만 그도 자존심이란 게 있고, 검술로는 누구에게도 밀리지 않을 거란 자신감이 있었다.

'검뿐이라면!'

검을 고쳐 쥐고 기합을 힘껏 내질렀다.

"으아아악!"

기합은 마치 비명처럼 들렸다.

독고성의 검이 뱀처럼 꾸불거리며 김성현의 머리를 향해 움직였다.

김성현은 가늘게 뜬 눈으로 듀란달을 반쯤 돌렸다.

챙!

살짝 닿은 두 자루의 검이 불똥을 튀겼다.

독고성이 왼발을 앞으로 뻗어 중심을 잃지 않고 반동으로 검을 휘둘렀다. 그 수가 대단히 빠르고 재치 있었다.

김성현은 살짝 당황했다. 그는 반 발자국 물러나며 손을 뻗었다. 도저히 검으로 막아 낼 수 있는 각도가 아니었다.

독고성의 눈이 휘둥그레졌다. 아무리 김성현이라도 맨손으로 잘 벼려진 검을 막는 건 불가능했다.

"안 돼!"

독고성이 다급하게 외치며 검을 멈추려 했지만 반동이 너무 강했다.

김성현은 당황한 그를 보며 피식 웃었다.

턱!

독고성은 믿을 수 없는 눈으로 김성현을 쳐다봤다.

"맨손으로……."

"여기까지 할까?"

"그, 그러지."

검을 놓은 김성현은 듀란달을 집어넣었다.

독고성은 그의 눈치를 살피며 바닥에 놓인 검집을 들었다.

"손은 괜찮나?"

피가 나지 않는 걸 보니 베이진 않은 것 같다. 그러나 힘이 꽤 실린 검이라 근육이 다쳤을 수도 있다.

김성현은 웃는 얼굴로 손을 흔들어 보였다.

"검강도 두르지 않은 검이었다. 조금도 다치지 않았다고."

"그, 그렇군."

"몸은 제법 풀렸으니 이제 슬슬 준비해야지?"

"그러고 보니 왕성에서 손님이 온다고 했는데?"

"이미 왔어."

아까 전부터 무림맹 안으로 들어온 인기척 두 개를 주시하고 있었다. 그들이 왕성에서 온 자들일 것이다.

"넌 곧장 회의장으로 움직여. 그곳에 모두 모여 있을 테니까."

"넌 어떻게 할 거지?"

"어떻게 하기는. 위에서 지켜봐야지."

"알겠다. 그럼."

독고성이 보법을 사용해 빠르게 사라졌다.

홀로 남은 김성현은 손을 내려다봤다.

"진심으로 아프네."

티는 내지 않았지만 맨손으로 검을 막는 순간 아차 싶었다. 평범한 냉병기엔 물리 면역이 꽤 높아 베이진 않았지만 충격이 상당했다.

"그보다 검 더럽게 잘 쓰네."

누가 검으로 초절정 경지에 오른 무인 아니랄까 봐 검술은 자신보다 반 보 정도 앞서 있었다.

그 상황에서 몸의 중심축을 바꾸고 곧장 반격에 들어올 줄은 몰랐다.

육체 능력은 자신보다 한참 낮았지만 부족한 부분을 기술로 커버했다.

"한동안 여기 남아서 검술이나 좀 배울까?"

그게 아니면 다음 에피소드도 동방 쪽으로 하나 받든가.

김성현은 살짝 아쉬움을 느끼며 입맛을 다셨다.

✷ ✷ ✷

"오랜만이오, 이 장군."

"그간 잘 지내셨습니까?"

곽운과 왕성에서 온 사자, 이시락이 서로에게 안부를 물었다.

이시락의 옆엔 젊은 문관 하나가 앉아 있었다. 이시락은 그를 곽운에게 소개시켜 주었다.

"이 친구는 제 전속 군사입니다."

"반갑습니다. 군사 최철이라고 합니다."

최철이 목만 숙이며 가볍게 인사했다.

"허허! 아주 젊은 인재로군. 이 장군이 데리고 다닐 정도면 잠재력이 꽤 뛰어나나 보오?"

"나쁘지 않습니다. 조금 더 수련한다면 제갈 각주만큼은 아니더라도 훌륭한 군사가 될 것입니다."

"그 정돈 아닙니다."

"겸손까지! 부럽소, 이 장군."

"하하하! 검성께서 제가 부러울 게 뭐가 있습니까? 이제 무림의 패권을 쥐실 분 아니십니까?"

"패권이라니? 나에게 그런 재주가 어디 있겠소. 그저 아쉬울 뿐이오. 금뢰 그 친구가 조금 더 대인배였다면……."

곽운이 고개를 저었다. 이시락은 괜히 헛기침을 하며 화제를 전환했다.

"그보다 다른 분들은 언제 오십니까? 이제 곧 전하의 말씀을 전해야 하는데 말입니다."

"소집령을 내렸으니 다 올 것이오."

"알겠습니다. 넌 무령각에 가 있거라. 그곳에서 뛰어난 군사들의 모습을 보고 많은 대화를 나누고 오너라."

"예, 장군."

최철이 두 사람에 가볍게 인사하고 밖으로 사라졌다.

잠시 후, 무림맹 내에 있는 모든 간부가 회의장으로 몰려왔다. 그들은 이시락과 인사를 나눈 후 모두 상석 쪽으로 무릎 꿇고 앉았다.

상석에 서 있던 이시락이 목을 가다듬고 왕의 서신을 펼쳤다.

"지금부터 국왕 전하의 말씀을 전하겠소. 모두 예의를 갖추시오."

모두가 바닥에 이마를 대었다.

이시락이 서신에 적힌 내용을 읽기 시작했다. 모두가 그의 말을 경청했다.

약 5분 정도가 지나고 이시락이 서신을 접었다.

"이상이오."

"성은이 망극하옵니다!"

모두가 머리를 들고 여기에 있지도 않은 왕을 향해 한목소리로 외쳤다. 그리고 모두가 편한 자세로 돌아왔다.

이시락이 모두에게 물었다.

"궁금한 게 있소?"

좌중이 조용할 때, 곽운이 손을 들었다.

✦ ✦ ✦

"대리인께 여쭐 말이 있습니다."

아까 전까지만 해도 그를 편하게 대하던 곽운이 예의를 갖추고 말했다.

"물어보시오."

"서신엔 사악한 무리들이 왕궁에 직접 찾아갔다고 적혀 있었습니다."

"그런데?"

"그 말은 전하께서 그들에게 알현의 자격을 주었다고 봐도 무방하겠습니까?"

"어허!"

쿵!

이시락이 성난 얼굴로 바닥을 쳤다.

"무엄하오!"

방금 전까지 웃던 사람이 맞나 싶을 정도로 그는 화가 잔뜩 나 있었다.

곽운은 무덤덤한 얼굴로 정확한 설명을 요구했다.

"그럼 어떻게 된 겁니까? 전하께선 우리 맹에게 신시(申時)까지 서낙의 금관 언덕으로 모이라고 했습니다. 그곳으로 유시(酉時)에 악교도들이 모인다고 하니 숨어 있다가 덮치면 된다고, 서찰엔 분명 그렇게 적혀 있지 않았습니까? 그 말인즉, 악교와 이미 접촉했다는 얘기가 아닙니까? 만약 아니라면 어떻게 그들이 유시에 금관 언덕으로 모이는지 안단 말입니까?"

"나는 모르오."

이시락이 모른 척 고개를 휙 돌렸다.

곽운의 눈썹이 찡그려졌다.

"이런 식으로 나올 생각이오, 이 장군?"

"무엄하오. 난 지금 국왕의 대리인이오. 예의를 차리시오."

"예의를 차려야 할 건 우리가 아니라 전하다."

"뭣이? 지금 그 말은 반역으로 간주해도 할 말이 없다!"

이시락이 강한 어조로 으름장을 놓았다.

"헛소리."

곽운은 그 한마디를 뱉고 자리에서 일어났다.

이시락은 주변 공간이 싸늘하게 식는 걸 느끼며 마른침을 삼켰다.

"무, 무슨 짓을 하려는 것이오?"

방금 전까지 윽박지르던 그가 금세 꼬리를 말았다. 그 정도로 곽운에게서 흘러나오는 살기가 얼음장 같기 때문이었다.

곽운은 정색한 얼굴로 그에게 다가갔다. 칠십이 넘었음

에도 등 뒤에 거대한 범이 있는 느낌이었다.

"똑바로 말하라. 전하께서 그들을 만났는가?"

바람구멍도 없거늘 장내에 바람이 휘몰아쳤다. 곽운의 장포가 펄럭인다.

이시락은 슬금슬금 뒤로 물러났다.

"나, 난 국왕의 대리인으로 온 사람이오! 이런 대우는 정말 반역이라고밖에 생각할 수 없소!"

"그럴수록 그대만 힘들어지는 걸 왜 모르나."

"아무리 무림맹이라도 왕궁의 손님을 이렇게 겁박할 순 없소! 결국 그대들도 이 나라의 백성! 전하께선 그대들의 아버지나 다름없소!"

"하아……."

곽운이 낮게 한숨을 내쉬었다.

이미 김성현을 통해 왕궁에서 무슨 일이 벌어졌는지 다 알고 있었다. 그런데도 끝까지 발뺌하는 모습을 보니 실망감만 커졌다.

"전하께서 선택하신 게 결국 이런 것입니까……."

"무, 무슨 소리를……?"

"실행하게."

"예."

조용히 있던 제갈천이 대답하고는 어딘가로 향했다.

맹의 간부들이 하나둘 자리에서 일어나 이시락에게 다가갔다.

"왜, 왜들 그러시오?"

"저승 가서 부디 죄를 깨닫고 뉘우치게나."

"나, 날 죽일 작정이오? 그럼 진짜로 반역이오! 내가 입을 다물어 줄 테니 이쯤에서 끝내시오. 지, 진심이오!"

"닥쳐라."

패탁로가 싸늘한 목소리로 경고했다. 그의 손엔 어느새 거대한 태도가 들려 있었다.

"네놈이 죽어도 넌 살아서 왕 앞에 가게 될 테니까."

"죽어도 산다니, 대체… 설마……?"

"고통 없이 보내 주겠네."

"잠깐……!"

이시락이 패탁로를 향해 팔을 뻗었으나,

서억!

패탁로의 태도가 그의 목을 갈라 버렸다.

툭 떨어진 이시락의 머리를 곽운이 조심스럽게 들었다.

"그러게, 사실대로 말하지 그랬나."

"나무아미타불."

뒤에서 무정 대사의 짧은 염불 외는 소리가 들려왔다.

✳ ✳ ✳

 청색 용포를 입고 있는 청년이 툇마루에 앉아 있다. 그는 길게 찢어진 눈으로 허공을 응시하고 있었다.
 그때 환관 하나가 청년 옆으로 다가와 허리를 푹 숙였다.
 "전하, 식사 시간입니다."
 "벌써 그리 됐는가."
 "그렇사옵니다."
 "빠르군."
 청년, 하헌은 느긋하게 일어나 안으로 들어갔다.
 그는 하 나라의 현 왕세자였다.
 그의 동궁전에는 다섯 궁녀가 준비해 온 수라를 가지런히 놓고 있었다.
 하헌은 자리에 앉아 수저를 들었다. 반들반들한 수저의 겉면이 거울처럼 그의 얼굴을 비쳤다.
 하헌이 모두에게 말했다.
 "다 나가 있거라."
 "예, 전하."
 환관과 궁녀들이 모두 밖으로 나갔다.
 하헌의 오래된 습관이었다. 그는 누군가 보고 있으면 목구멍으로 음식을 넘기지 못했다. 그래도 암살 위협이 있을 수 있기에 동궁전 전체에 호위가 붙어 있었다.

하헌은 밥숟갈을 떠 입에 넣었다. 근래 들어 입맛이 돌지 않았지만 어떻게든 꾸역꾸역 쑤셔 넣어야 한다.

그가 한창 식사를 하고 있을 때였다. 등 뒤에서 미약한 인기척이 느껴졌다.

하헌은 숟가락을 내려놓고 손수건으로 입을 닦았다.

"오셨습니까."

"그래."

하헌이 자리에서 일어나 뒤에 서 있는 자에게 고개를 숙였다. 왕세자가 해선 안 되는 행동이었지만 하헌은 개의치 않았다.

목소리의 주인은 검은 그림자 속에서 천천히 걸어 나왔다.

"잘 지냈냐?"

목소리의 주인, 김성현은 웃는 얼굴로 하헌에게 안부를 물었다.

"주군 덕에 편히 지냈습니다."

하헌, 그는 김성현의 충실한 하수인이었다.

＊ ＊ ＊

김성현은 반년간 퀘스트 월드 전체 역사를 어느 정도 공부한 상태였다. 그런 그가 이번 에피소드에 막 들어왔을 때 한 가지 의문이 들었다.

에피소드의 시점인 하 왕조 182년은 정복 군주라 불릴 '하헌'이 왕세자인 시절이었다.

5년 뒤인 187년에 하헌은 왕위에 오르고, 본격적으로 정복 전쟁을 일으켜 동방 영토의 절반을 차지하는 대제국을 이룩한다.

김성현이 의문을 가진 부분은 바로 그 5년이었다.

하 나라의 정사(正史)엔 그 5년의 기록이 평화라고만 되어 있었다. 생츄어리에 보관된 비사(祕史)도 찾아봤지만 마찬가지였다.

여기서 김성현은 이번 에피소드가 역사에 기록되지 않은 뒷면이라는 걸 깨달았다.

그리고 왜 기록되지 않았는지 두 가지 이유를 추측해 보았는데.

첫째, 하헌이 악교를 정리하고 모종의 이유로 제외시켰다.

둘째, 하헌은 결국 악교에 굴복하고 악교의 뜻에 따라 기록이 지워졌다.

그중에서도 김성현은 첫째 이유가 가장 그럴듯하다고 생각했다.

그는 미래를 알고 있었기에 후자가 말이 안 됨을 알고 있었다.

그 어떤 세력도 하 제국을 음지에서 지배하고 있지 않았다. 음지란 음지는 다 파 본 그였기에 확신할 수 있었다.

에피소드 중에 정답을 확인할 수 없다는 사실이 아쉬웠다.

대신 하헌을 하수인으로 만드는 것으로 정답을 대신하려고 했다.

그러나 왕세자인 하헌은 딱히 쓸모가 없었다.

김성현은 일단 그에게 평소처럼 지내라고 명령했다. 그 후 여러 사건이 터졌고, 하 나라가 악교의 손에 완전히 넘어갔다. 하헌이 그 사실을 모를 리 없었다.

김성현이 궁금한 것은 현 시점 하헌의 생각이었다. 그래서 그를 찾아왔다.

"넌 현재 하 나라가 어떤 꼴인지 알고 있나?"

"물론입니다."

하헌은 매우 영리한 사내였다.

"주군께선 일이 이렇게 되실 줄 알고 저를 하수인으로 만드신 겁니까?"

하수인이 보일 만한 눈빛이 아니었다.

김성현은 하헌을 보며 만족스러운 표정을 지었다.

"그래."

"제게 바라시는 건 제 생각이겠군요."

김성헌이 말하지 않았는데도 그가 원하는 걸 정확히 꿰고 있었다.

조금 놀라웠다.

김성헌은 고개를 끄덕였다.

"정확하다."

"알겠습니다. 제 생각을 말씀드리겠습니다."

지금 말하려는 하헌의 생각이 당시 악교를 쳐 낼 때 사용했던 방법과 다를 수도 있다.

5년은 그 정도로 긴 시간이었다. 그 부분은 염두에 둘 필요가 있었다.

'그래도 나름 도움이 될 거야.'

사실 지금 상태에서도 누군가의 도움을 받지 않고 악교를 제거할 자신이 있었다. 굳이 하헌의 생각을 들을 필요가 없는 것이다.

그러나 미래의 정복 군주가 젊은 날에 악교를 보고 무슨 생각을 했는지 정도는 들어 볼 만했다.

혹시 아는가? 더 좋은 생각이 그의 머릿속에서 나올지.

그때 하헌이 말했다.

"생각은 끝나셨습니까?"

김성헌의 눈이 잠깐 커졌다.

표정의 변화는 없을 터였다. 그런데도 딴생각을 하고 있다는 걸 눈치채다니, 실로 놀라운 통찰력이었다.

하헌은 그의 표정에서 대답을 확인하고 입을 열었다.

"이제 말하겠습니다."

"그, 그래."

"구구절절 상황 설명은 하지 않겠습니다. 단도직입적으로 현 문제를 해결하기 위한 방법은 압도적으로 강한 힘밖에 없습니다."

"압도적으로 강한 힘?"

"그렇습니다."

"그게 끝이냐?"

"예."

다소 싱거운 대답이었다. 기대감이 큰 만큼 실망감도 컸다.

김성현은 김이 빠지는 걸 느끼며 이마를 긁적였다.

하헌이 고개를 갸웃거렸다.

"이것 말고 현 상황을 타개할 방법이 있습니까?"

"글쎄다."

사실 하헌의 말은 가장 완벽한 대답이라고 할 수 있었다.

하 나라의 군대도, 무림맹의 고수들도 악교를 어찌하지 못한다. 타국의 힘을 빌린다 한들 시간 벌이에 불과할 것이다.

인과율도 쌓일 대로 쌓인 상태라 천계가 개입할 리도 없고, 신들에겐 그럴 이유도 없었다.

그의 말처럼 압도적으로 강력한 힘만이 지금 상황을 해결할 수 있었다.

김성현은 그만 자리에서 일어났다. 더 이상 이곳에 볼일은 없었다.

"그만 간다."

"들어가십시오."

하헌은 붙잡는 기색 없이 정중히 인사했다.

김성현은 대충 손을 흔들고 공간 이동을 사용하려고 했다.

그 순간 머릿속에서 '압도적으로 강한 힘'이라는 키워드가 강하게 떠올랐고, 걸음을 멈출 수밖에 없었다.

하헌은 우뚝 멈춰 선 김성현에게 물었다.

"왜 그러십니까?"

김성현은 몸을 돌려 그의 코앞까지 걸어갔다.

"하헌."

"말씀하시지요."

"압도적으로 강한 힘, 그게 뭐냐?"

"……."

처음엔 하헌이 당연한 소리를 한 거라 생각했다.

잘못 생각했다. 하헌 정도 되는 인물이 그런 당연하고 재미없는 대답을 내놨을 리 없다. 과대평가일 수도 있겠지만 하헌의 표정을 보고 확신할 수 있었다.

하헌이 눈을 가늘게 뜨며 미소 지었다.

"역시 제 주군이십니다. 깨닫지 못하셨으면 말하지 않을 생각이었는데 말입니다."

하수인인 주제에 주인을 조련하려고 한다. 그 사실이 어이없었지만 반대로 기특하게도 느껴졌다.

"그래서 뭐냐고."

"하 나라엔 한 가지 신화가 존재합니다."

"신화?"

하 나라의 신화에 대해선 들어 본 적 없었다.

하헌이 당연하다는 듯 입을 열었다.

"왕족에게, 그것도 왕이 될 왕족에게만 전해져 오는 얘기입니다."

"그럼 모를 만하군. 내용이 뭔데?"

"태초에 이 땅엔 여와라는 여신이 존재했습니다. 그녀는 이곳에서 흙을 빚어 최초의 인간을 만들었습니다."

"그게 바로 너희 왕족이다?"

"그렇습니다. 여기서 중요한 건 여와 신화라 불리는 그 신화가 실제로 있었던 일이라는 점입니다."

"뭐?"

"정확하게 말하면 그녀는 인간을 흙으로 빚어 만들지 않았습니다. 직접 잉태하였습니다. 그렇게 최초의 인간을 낳았고, 그분이 바로 하 왕조의 시조가 됩니다. 그리고 시조께선 당신의 어미인 여와의 힘을 빌려 만들어 낸 보검을 이 땅에 숨겨 놨습니다."

김성현은 하헌이 말하는 보검을 알고 있었다.

실물을 본 건 아니었지만 역사서에 주구장창 등장했다. 하헌을 위대한 군주로 만들어 준 무기로서 말이다.

하헌은 그 보검을 이용해 악교를 몰아낸 게 분명했다.

'그래도 좀 말이 안 되는데? 그 정도면 이미 앙그라 마이뉴가 강림하고도 남을 시기가 아닌가?'

역사가 맞다면 하헌은 보검을 이용해 앙그라 마이뉴를 처치했다는 것이 된다.

아무리 신의 무기라도 무기만으로 마왕을 쓰러트리는 건 불가능하다.

'생각해 보면 마왕이 없었을 수도 있어.'

이 부분은 장담할 수 없었지만 타당한 추론이었다.

지금이야 마왕의 강림이 코앞이지만 자신 때문에 역사의 많은 부분이 바뀌었다.

나비효과라는 말이 있지 않은가? 인과란 그 정도로 예민하고, 깃털 같은 것이었다.

일단 보검의 위치를 아는 게 중요했다. 그 정도의 아이템이라면 위험을 감수하고 얻어 낼 가치가 있었다.

"이 땅이라 하면 동방 전체를 아우르는 거냐?"

"설마요. 바로 이곳입니다."

하헌의 손가락이 바로 아래를 가리키고 있었다.

김성현이 고개를 갸웃거리며 그를 따라 손가락을 밑으로 내렸다.

"예."

하헌의 대답에 김성현의 얼굴이 굳었다. 잘하면 '심봤다!'를 외칠 수도 있겠단 생각이 들었다.

※ ※ ※

"그 말이 사실이야?"

"그렇습니다. 왕궁의 지하 깊은 곳에 봉인되어 있을 겁니다."

"그건 어떻게 알아낸 사실이지? 보아하니 왕족에게 전해지는 얘기는 아닌 것 같다만."

왕족에게 전해지는 얘기였다면 현 국왕인 하청이 먼저 보검을 찾으려고 했을 것이다.

아니, 하청까지 갈 것도 없었다. 선대왕들이 보검을 얻기 위해 난장을 피웠을 것이다.

하헌이 맞다는 듯 고개를 끄덕였다.

"그렇습니다. 이건 제가 독자적으로 찾아낸 '진실'입니다."

"확신하고 있군."

"이미 획득하는 방법도 알아낸 상태입니다."

"말해 봐."

하헌은 거리낌 없이 보검 획득 방법을 자세하게 설명했다. 하수인답지 않던 그가 처음으로 하수인다워 보였다.

"이상입니다."

하헌이 말을 마치고 입을 다물었다.

김성현은 조금 고민하는 얼굴로 입맛을 다셨다.

획득 방법 자체는 복잡하지 않았다. 다만 난이도가 제법 있었다. 왜 하헌이 당장 보검을 손에 넣지 못하는지 이해가 되었다.

"준비 기간이 꽤 길군."

"그렇습니다."

보검의 봉인을 풀기 위해선 특별한 재료들이 필요했다.

모두 쉽게 구할 수 없는 것들이었는데, 최대한 빨리 구한다고 해도 1년은 잡아야 했다.

하헌은 악교의 눈치도 살펴야 했으니 5년이 넘게 걸린 것이다.

"아쉽군."

김성현은 쩝 소리를 내며 그만 갈 준비를 했다. 그 전에 하헌에게 한 가지 명령을 내렸다.

"다음에 만날 땐 언제가 될지 모르지만 꼭 보검을 준비해 놔라."

한 번 하수인은 퀘스트 월드가 사라지지 않는 한 영원한 하수인이다. 역사에 따르면 어차피 하헌은 보검을 손에 넣게 되어 있다.

하헌이 정중히 고개를 숙이며 대답했다.

"알겠습니다."

"그럼 간다."

"조심히 가십시오."

김성현의 모습이 감쪽같이 사라졌다. 멍하니 서 있던 하헌은 자리에 앉아 마저 식사를 했다.

※ ※ ※

마락경은 어둠이 내려앉은 공간에서 무릎을 꿇고 머리를 조아리고 있었다.

그는 천천히 고개를 들며 눈앞에 피어오르는 연기를 향해 말했다.

"곧 준비가 끝납니다."

[마음에 들지 않는다.]

연기 속에서 음험한 목소리가 들려왔다.

마락경은 이마에 맺힌 땀방울을 느끼며 그의 비위를 맞춰 주었다.

"비록 불완전한 상태로 강림하시겠지만 금방 완전해지실 겁니다. 제물은 많이 준비되어 있나이다."

[너를 믿겠다.]

검은 연기, 앙그라 마이뉴의 분신이 허공에서 증발했다.

마락경은 그가 사라진 걸 확인하고 자리에서 일어났다. 그의 눈은 넘실거리는 어둠으로 가득 차 있었다.

때가 멀지 않았다. 곧 세상은 온통 어둠으로 물들고, 파괴의 왕이 내려와 모든 것을 죽음으로 내몰 것이다.

벌써부터 강한 쾌감이 몰려왔다. 아랫도리가 뻣뻣해지는 것이 당장이라도 누군가를 죽이고 싶었다.

"ㅎㅎㅎ!"

마락경은 음산한 웃음을 흘리며 문밖으로 나갔다.

수만의 악교도가 그를 향해 고개를 조아리고 있다. 지금껏 마락경을 믿고 어둠 속에 숨어 기회를 엿보고 있던 자들이었다.

마락경이 내공을 일으켜 모두에게 말했다.

"곧 우리의 세상이 올 것이다!"

짜르르릉!

잔뜩 낀 먹구름 사이로 검은 번개가 떨어졌다. 핏빛 빗방울이 떨어지며 악교도들을 적셨다.

교도들이 손을 들어 마락경을, 악교의 신성스러운 마신 앙그라 마이뉴를 찬양했다.

"만세! 만세! 만만세!"

"만세! 만세! 만만세!"

세상천지가 찢어질 정도로 거대한 외침이었다.

세상은 그들로 인해 파괴될 것이고, 사라질 것이고, 멸망할 것이다.

최후엔 세상 만물이 악교의 앞에 무릎 꿇고 자비를 구걸할 것이다.

그것이 위대한 마왕, 앙그라 마이뉴의 뜻이었다.

마락경은 너풀거리는 어둠을 두른 채 공중으로 떠올랐다. 등 뒤로 검은 깃털이 가죽을 비집고 튀어나왔다.

악교 전체를 뒤덮을 정도로 거대해진 날개에서 수백 개의 눈동자가 나타났다.

"주시하는 모든 걸 파괴하라. 살아 있는 모든 걸 말살하라. 멸망에 한 걸음 다가갈수록 세상은 신성해질 것이리라!"

"우와아아아아!"

마락경의 말이 끝나기가 무섭게 우레와 같은 함성이 터

져 나왔다.

그리고 그 광경을 김성현은 일전의 흑의인의 눈을 통해 지켜보고 있었다.

"흐음."

악교의 본거지는 현계에 존재하지 않았다.

예상한 상태라 별로 놀랍지 않았다. 삿된 존재들의 행동 패턴이 다 거기서 거기이기 때문이다.

김성현은 공유되는 시야를 취소하고 그만 일어났다.

계획은 생각대로 잘 진행되고 있었다.

이시락과 그의 군사인 최철을 살인멸구하고 믿을 만한 두 사람을 그들로 꾸며 왕실로 보냈다.

적들은 자신들이 아무것도 모른다고 생각하고 일을 진행할 것이다.

실제로 그들의 계획에 장단을 맞춰 줄 생각이었다.

다소 희생이 나오겠지만 그걸 최소화시키는 게 김성현의 역할이었다.

'악교는 역으로 함정에 빠진다. 그곳에서 팔을 휘적휘적 저으며 살려 달라고 몸부림치게 만들어 주마.'

김성현이 잔혹한 미소를 지으며 듀란달의 손잡이를 주물렀다.

무림맹에서 선별해 놓은 정예들이 금관 언덕을 향해 움

직였다. 지금 걸음이라면 신시까지 도착하고도 남는다.

그곳에서 기척을 숨기고 있다면 유시에 악교가 도착할 것이고, 예정대로 정예들은 악교를 공격하는 '척'할 것이다.

그때부터 유인 작전과 분산 작전이 동시에 시작된다.

맹에선 이미 사전에 금관 언덕에 모든 준비를 끝내 놓은 상태였다. 예정된 루트에서 벗어나는 상황까지 모두 염두에 두었다.

'이름하야 역몰이사냥.'

악교는 자신들이 몰이사냥을 하는 거라고 반드시 착각하게 될 것이다. 아마도 무림맹을 멍청한 집단이라고 생각할 수도 있다.

'아니, 반드시 그렇게 생각한다.'

아무리 정예라지만 그 인원수로는 계란으로 바위 치기일 테니까.

김성현은 가볍게 몸을 풀었다.

오늘 밤, 세 개의 파트로 이루어진 이번 에피소드가 마무리 지어진다.

※ ※ ※

유시가 되었다.

검은 의복의 무리들이 엄청난 속도로 금관 언덕에 도착했다. 그러나 개미 하나 보이지 않았다.

예상대로였다. 그들은 기척을 완전히 숨긴 채 이 근처 어딘가에 있을 것이다.

무리의 장으로 보이는 자가 손짓만으로 부하들에게 명령했다. 부하들은 짐짓 모른다는 표정으로 주변을 어슬렁거렸다.

숨어서 지켜보던 무림맹 정예들에겐 어설픈 연기로밖에 보이지 않았다.

이번 작전의 핵심을 맡고 있는 무림맹의 고수, 한철진은 전음으로 부하들에게 명령을 내렸다.

-시작이다.

푸스슥!

언덕 위에 길게 자란 갈대들이 움직였다.

악교도들의 눈이 반짝이며 소리가 들린 방향으로 일제히 움직였다.

악교도 하나가 광기에 젖은 얼굴로 소리쳤다.

"으헤헤헤! 죽어라!"

굉장한 크기의 언월도에 검은 강기가 맺히며 갈대밭을 휩쓸었다.

무림맹 정예 중 하나가 강기를 피하며 멀찍이 뛰어올랐

다. 악교도가 그걸 놓칠 리 없었다.

벌겋게 달아오른 눈으로 정예 고수를 추적했다.

"거기 서라!"

"흥!"

정예 고수가 연막을 뿌리고 검을 뽑아 들었다. 그는 화산파 소속으로 매화오검이라 불리는 화산파의 젊은 고수 중 하나였다.

그의 검에 자색 강기가 맺히며 악교도의 언월도와 충돌했다.

콰앙!

그들 말고도 무림맹 고수들과 악교도들의 충돌은 곳곳에서 발생했다.

그중에서도 한철진에게 5명의 악교도가 붙었는데, 하나하나가 절정 이상의 고수들이었다.

아무리 한철진이 이번 미끼 역 중에서 가장 강하다지만 다섯의 절정고수를 동시에 상대하는 건 불가능했다.

"쳇!"

"죽어! 죽어! 죽으라구!"

"흐하하하!"

광기에 사로잡힌 악교도들의 공격이 폭풍처럼 몰아쳤다. 생각했던 것보다 작전을 성공시키는 건 어려울 것 같았다.

 한철진은 전음으로 모두에게 분산 작전 실행을 명령했다. 무림맹 고수들이 악교도들의 공격을 떨쳐 내고 각기 다른 방향으로 움직였다.

 한철진도 둘을 베어 버리고 도주에 집중했다.

 뒤에서 끔찍한 독이 발린 암기가 날아왔지만 막아 내는 데 어려움은 없었다.

 다만 한 식경 동안 그들을 유인해야 한다는 게 난관이었다.

"크헤헤헤!"

"어딜 가느냐! 캬하하하!"

 근처에 있는 것만으로도 그들의 사념이 흘러 들어오는 것만 같다.

 과연 마교와 혈교의 배후 세력이라고 할 만했다.

 대체 이 많은 괴물들을 어디에 숨겨 두고 있었단 말인가?

'정말 무서운 세상이로군.'

 한철진은 강기를 흩뿌리며 나무 위로 뛰어올랐다.

 악교도 중 낫을 다루는 자가 나무를 타기 시작하는 한철진에게 외쳤다.

"그곳으로 가면 도망칠 수 있을 줄 아느냐!"

 거대한 낫에 검은 강기가 둘러지며 크게 휘둘러졌다.

 한철진은 등 뒤에서 느껴지는 공포스러운 기운에 돌아

볼 틈도 없이 뛰어올랐다.

사사사삭!

밑에서 많은 것들이 베어지는 소리가 들려왔다. 그리고 이어진 굉음에 할 말을 잃고 말았다.

쿠구궁!

수많은 나무들이 깔끔하게 베어진 형태로 바닥에 쓰러졌다.

"키히히히!"

낫을 든 악교도가 흉측한 몰골로 한철진을 향해 돌진했다.

캉!

"큭!"

그는 다른 악교도들보다 더 강했다. 초절정을 코앞에 둔 한철진조차 한 번의 충돌로 검을 놓칠 뻔했다.

'최소 초절정……!'

과연 초절정을 상대로 도망칠 수 있을까?

경우의 수를 다 따져 봤지만 모두 불가능으로 귀결했다.

거기다 낫을 든 악교도 말고도 4명이 더 있었다. 그중 둘은 분명 베었는데도 멀쩡하게 따라왔다.

한철진은 회의감이 들었다. 작전이 멀쩡하게 성공한다고 해도 그들을 이길 수 있을까?

'젠장! 그런 걸 생각할 겨를이 어디 있어!'

이러나저러나 결국 죽는다면 최선을 다해 본 다음 죽는 게 옳다.

그는 이를 악물고 검강을 미친 듯이 흩뿌렸다.

"또 헛짓거리를!"

낫이 크게 횡으로 휘둘러졌다. 검강이 모두 사라졌지만 그것으로 짧은 시간을 벌 수 있었다.

한철진은 전력을 다해 다리를 움직였다.

반드시 성공시켜야 한다.

"반드시!"

✽ ✽ ✽

독고성은 자신의 애검을 들고 미끼조를 기다리고 있었다.

그들이 작전을 성공만 시키면 다음은 무조건 전멸시킬 자신이 있었다. 그에겐 청룡단이라는 무림맹 최고의 공격대가 있었으니까.

"제발 성공해 다오."

긴장해서 그런지 손에 땀이 잔뜩 났다.

살면서 긴장을 몇 번 해 보지 않았는데 근래에 긴장을 몰아서 하는 것 같았다.

독고성은 눈을 감고 숨을 깊게 들이켰다. 차가운 겨울 공기가 폐 속으로 들어가니 정신이 번쩍 들었다.

그때 멀지 않은 곳에서 여러 인기척이 느껴졌다. 미끼조가 악교도들을 데리고 이곳으로 오는 게 분명했다.

"다들 준비해라."

독고성은 검에 강기를 두르고 뛰쳐나갈 준비를 했다.

그렇게 시간이 조금 흘렀다. 분명 다급하게 움직이는 인기척이 존재하는데 나타나질 않는다.

뭔가 잘못된 것일까?

부관에게 어떻게 된 건지 묻기 위해 고개를 돌렸다.

독고성은 하마터면 검을 떨어트릴 뻔했다.

"반갑네."

그의 옆엔 부관이 아닌 다른 사람이 서 있었다. 그는 청색 무복이 아닌 흑색 무복을 입고 있었다.

독고성은 마른침을 한 번 삼키고 그의 정체를 물었다.

"넌 누구냐."

사내는 주위를 한 번 둘러보고는 양손을 천천히 펼쳐 들었다.

"난 이런 사람일세."

그의 주변엔 수많은 청룡단원들의 시체가 널브러져 있었다.

독고성은 분노를 참지 못하고 검을 내질렀다. 살면서 내지른 검 중 가장 날카롭고 강력했다.

사내는 목을 향해 날아드는 검을 보며 감탄했다.

"실로 좋은 검이군. 하지만."

푸욱!

그림자에서 튀어나온 수십 개의 칼날이 독고성의 배를 꿰뚫었다.

검이 사내의 목 언저리에서 멈추었다.

"쿨럭!"

독고성이 기침을 하자 피가 한 움큼 흘러나왔다.

의식이 빠르게 멀어지며 시야가 어두워진다.

사내, 겸천은 그에게 경의를 표하듯 가볍게 묵념했다.

털썩! 소리를 내며 독고성이 바닥에 쓰러졌다.

"푹 쉬게나."

겸천은 그 말을 남기고 어딘가로 사라졌다.

휘잉!

차가운 겨울바람이 청룡단의 시체 더미를 휘젓고 지나갔다.

Chapter 3

레벨이 대수냐

김성현은 심기가 불편한 얼굴로 눈앞의 사내에게 말했다.

"이거 조금 짜증 나네."

"후후후!"

사내가 낮게 웃으며 긴 창을 부드럽게 쥐었다.

"작전은 좋았네만 너무 안일했어."

"그래서 더 짜증 나."

김성현이 관자놀이를 주무르며 말했다.

설마 마락경 말고도 '악마'들이 더 있을 거란 생각을 하지 못했다.

특히 추적술을 걸어 뒀던 뱀 같은 사내가 악마였다는 사실에, 그걸 알아채지 못했다는 사실에 자괴감이 들었다.

반년이란 시간이 허송세월처럼 느껴졌다.

무엇을 위한 공부였고, 노력이었단 말인가!

김성현은 스스로 꿀밤을 먹이며 자책했다.

"인간과 악마를 구분하지 못할 줄이야. 아으! 내 반년!"

"이번 기회에 새로운 걸 하나 배웠다고 생각하게. 악마들이 마력에 아주 민감하다는 사실을 말이야. 물론 이곳에서 죽을 테니 다음번엔 참고할 수 없겠군. 안타깝겠어."

사내, 황막의 이죽거림을 들은 김성현은 한숨을 내쉬었다. 악마에게 능욕을 당했는데도 달리 반박할 말이 없다.

악마들이 마력에 민감하단 사실은 알고 있었다. 다만 황막이 '격이 낮은' 악마였기에 본질을 눈치채지 못했다.

김성현은 짜증을 가라앉혔다.

어차피 엎질러진 물, 주워 담을 수 없다. 그렇다면 실책을 최소화시키는 수밖에.

"나도 나지만, 너희도 너무 큰 실수를 해 버렸어."

"최악의 상황을 마주하니 머리가 맛이 갔는가?"

황막이 비아냥거렸다. 누가 악마 아니랄까 봐 사람 속을 잘 긁는다.

김성현은 듀란달을 뽑아 들었다. 두 종류의 신성력이 뒤섞이며 광채를 뿜어냈다.

황막은 경악한 얼굴로 소리쳤다.

"그, 그 힘은!"

"너흰 대빵을 내 앞에 데려왔어야 했다. 네놈이 이곳에 온 게 바로 가장 큰 실책이야."

"자, 잠깐!"

황막이 다급하게 소리쳤지만 공간을 뛰어넘은 김성현이 그를 세로로 갈라 버렸다.

신성력은 악마들에게 천적이나 다름없는 힘.

"키이이에에에엑!"

황막이 본모습으로 돌아가며 신성력의 열기에 타들어 갔다. 끔찍한 비명 소리와 함께 그대로 한 줌의 재가 되었다.

김성현은 칼날에 묻은 역겨운 오물을 털어 냈다.

"드러운 새끼들."

곧장 기감을 끌어 올려 적들의 위치를 살폈다. 곳곳에서 일방적인 학살이 벌어지고 있다.

김성현은 이를 악물고 가장 심각한 곳으로 이동했다.

그곳엔 악교도들이 잔혹하게 맹의 병사들을 살해하고 잡아먹는 중이었다.

병사들은 전의를 완전히 상실했는지 얌전히 죽음을 기다리고 있었다.

"벌레 새끼들이!"

왼손에 맺힌 번개가 악교도들을 휩쓸었다.

"크아아악!"

"으아아아아!"

방금 전까지 맹의 병사들을 압도하던 악교도들이 흔적도 없이 사라졌다.

그런데도 병사들은 이성을 쉽게 찾지 못했다.

김성현은 그들을 달랠 새도 없이 다른 곳으로 이동했다.

금관 언덕은 마치 수라도를 연상시켰다. 그 정도로 잔혹한 광경은 끝을 모르고 연출됐다.

콰가강!

하늘에서 떨어진 번개 줄기가 악교도들의 정수리를 꿰뚫었다. 거대한 불덩이가 갈대밭을 휩쓸고, 땅이 갈라지며 용암이 튀어나왔다.

[레벨 업!]

레벨 하나가 올랐지만 기뻐할 겨를이 없었다.

김성현은 몸이 하나라도 부족할 판국이었다. 특히 초절정을 뛰어넘은 고수들이 한꺼번에 몰려오면 발목을 잡힐 수밖에 없었다.

낫을 든 악교도가 손에 든 한철진의 목을 김성현에게 집어던졌다.

"크하하하하!"

그러곤 광소를 터트리며 달려들었다.

"적락이란 녀석과 비슷하군."

거대한 낫이 새까만 참격을 쏘았다. 김성현은 듀란달을 휘둘러 참격을 반으로 갈랐다.

그 틈에 거리를 좁힌 악교도가 아래에서부터 낫을 휘둘렀다.

쇄애액!

폭이 넓은 만큼 파공음도 살벌하다.

하지만,

"컥!"

"한 놈 컷."

악교도는 비어 버린 심장을 보며 그대로 허물어졌다. 김성현이 전격을 마력과 접목시켜 만들어 낸 공격기였다.

마력에 분신 속성을 부여한 뒤 적의 심장 근처에서 전격을 발생시키는 형태였다.

흐름을 예측할 수 있는 존재들에겐 통하지 않지만 방금 정도의 적에겐 백이면 백 통했다.

김성현은 곧장 다른 악교도가 있는 곳으로 움직였다. 그렇게 쉴 새 없이 베고 또 베었다.

또 한 번 레벨이 올랐다.

김성현은 살짝 지친 기색으로 한탄했다.

"진짜 게임 주제에 사람을 왜 이렇게 힘들게 하냐!"

강한 마력이 흙바닥을 뒤덮으며 악교도들을 휩쓸었다. 그리고 흙먼지 속에서 강한 마기가 느껴졌다.

김성현은 세 힘을 동시에 일으키고 그 안으로 파고들었다.

새까만 검 수십 자루가 바닥에서 튀어나온다. 김성현은 콧잔등을 씰룩이며 검을 모조리 박살 냈다.

"헛짓거리 그만하고 뒈져라! 이 악마야!"

신성력의 검이 발출되며 흙먼지째로 어둠을 갈랐다. 그러나 어둠은 곧 다시 뭉치더니 거인 사냥을 타고 높이 올라갔다.

어둠은 사람의 형상으로 변하며 하늘로 날아올랐다. 독고성을 단숨에 죽인 겸천이었다!

겸천은 뒷목의 서늘함을 느끼며 말했다.

"이거 아주 무섭군!"

"해충 같은 놈!"

김성현의 신형이 겸천의 뒤로 이동했다. 겸천은 몸을 또 한 번 마기로 만들었다.

"놓칠 것 같냐?"

은빛 신성력이 거대해지며 겸천을 통째로 감쌌다.

겸천이 놀란 목소리로 중얼거렸다.

"신이 여긴 어떻게!"

"죽어!"

신성력이 수천 개의 바늘이 되어 겸천을 사정없이 꿰뚫었다.

"크아아악!"

겸천의 비명 소리가 찢어지게 들려왔지만 신성력 바깥으로 새어 나가지 않았다.

김성현이 마무리를 짓기 위해 듀란달을 휘둘렀다.

그때 신성력을 뚫고 재빠른 어둠이 성스러운 칼날을 막아 냈다.

김성현은 비죽 웃으며 전격을 최대치로 방출했다.

콰가가가가강!

일순 언덕 전체가 빛으로 물들었다.

마락경은 새까맣게 그을린 채 공중에 떠 있었다. 그의 팔엔 걸레짝이나 다름없는 겸천이 들려 있었다.

"고생했네, 겸천. 이만 푹 쉬게."

마락경은 애틋한 얼굴로 그를 보았다. 겸천의 육신이 마락경의 몸 안으로 흡수되기 시작했다.

김성현은 징그러운 광경에 인상을 찌푸렸다.

"누가 악마 새끼들 아니랄까 봐."

그는 마락경에게서 시선을 돌려 주변을 살폈다.

금관 언덕은 금관이란 이름이 무색할 정도로 황폐하게

타들어 가고 있었다. 수많은 시체가 뒤섞여 하늘 높이까지 악취를 풍겼다.

김성현은 낮게 혀를 차며 전격을 왼손에 집중시켰다.

"각오는 됐냐?"

"흐흐흐! 준비라……."

마락경의 어깻죽지에서 사악한 마기가 흘러나왔다. 그것은 곧 날개를 덮고 점점 더 거대해져 갔다.

그의 이마가 갈라지며 붉은 눈동자가 튀어나왔다. 눈동자는 번들거리며 이곳저곳을 살펴보기 시작했다.

김성현은 그 역겨운 광경에 구토를 할 것 같았다.

"진짜 별… 아니, 됐다. 그냥 빨리 끝내자."

이 이상 시간을 끄는 것도 오늘 죽은 무림맹원들에게 할 짓이 못 된다.

비록 이곳이 게임 세계라고 할지라도.

김성현은 마력을 크게 일으켰다.

"잘 봐."

"무얼?"

"이걸."

김성현이 손을 움켜쥐는 듯한 자세를 취했다.

마락경은 눈을 희번덕 뜨며 비행하고 있던 곳에서 몸을 피했다.

강력한 마력으로 이루어진 소용돌이가 전조도 없이 나타났다. 그것도 아주 위협적인 절삭력을 두른 채!

 하마터면 갈기갈기 찢겨질 뻔했다.

 죽진 않겠지만 눈앞의 상대에겐 잠깐의 틈이라도 주는 순간 모든 게 끝장난다.

 하지만 이어진 김성현의 경고에 마락경은 식은땀을 흘릴 수밖에 없었다.

"그걸로 피했다고 생각하냐?"

"쳇!"

 마락경은 마기를 극한으로 끌어 올린 뒤 채찍처럼 휘둘렀다.

 쾅!

 굵은 마기 덩어리와 최상위 바람 마법, 칼날 태풍이 충돌했다.

 소용돌이가 미약해지며 허공으로 흩어진다.

 그 순간 잔바람을 뚫고 거대한 수룡이 튀어나왔다.

 마락경은 급하게 마기의 벽을 펼쳤지만,

 콰앙!

 수룡의 힘을 버티지 못하고 단숨에 깨져 버렸다.

"젠장!"

 날개에 달린 눈동자들에서 붉은 광선이 쏘아졌다. 하지

만 수룡을 막아 내기엔 턱없이 부족했다.

그때 뒤에서 김성현의 목소리가 들렸다.

"앞에만 신경 쓰면 어떡해?"

"크악!"

날개 하나가 떨어져 나갔다.

몸이 휘청거리며 균형을 잃었다. 그와 동시에 수룡이 그를 덮쳤다.

김성현은 엄청난 수압에 이끌려 바닥으로 추락한 마락경을 보며 입꼬리를 올렸다.

"생각보다 약하네."

천마와 비교해 봤을 때 한 수 정도 더 앞서긴 하지만 자신을 위협할 정도는 아니었다.

김성현은 듀란달에 신성력과 뒤섞은 뇌기를 둘렀다.

악마를 죽일 땐 신성력과 빛 속성의 일부를 담고 있는 번개가 최적이었다.

물이 다 빠져나가고 축 늘어진 마락경의 모습이 나타났다.

그를 향해 검을 휘둘렀다.

그때 아주 잠깐 세상이 멈춘 것 같았다. 그리고 강한 악의가 담긴 목소리가 울려 퍼졌다.

[건방진 녀석!]

그것은 늪과 같이 끈적거리는 마기였다.

김성현은 단숨에 그곳으로 이동해 마기 위로 듀란달을 박아 넣었다.

현신할 때까지 둘 생각은 없었다.

목소리가 같잖다는 듯 음울한 음성으로 경고했다.

[당장 떨어지지 않으면 꽤 고통스러울 것이다.]

마기가 부글부글 끓기 시작했다. 순식간에 대기의 온도가 수백 도를 상회했다.

김성현은 보호막을 펼치고 마기와 거리를 벌렸다.

언덕 일대에 퍼져 있는 수많은 시체들이 뼛조각 하나 남기지 않고 녹아내린다.

단순히 뜨거워서가 아니었다. 강한 독 산성이 대기 중에 강하게 퍼져 있다.

김성현은 콧방귀를 뀌며 신성력을 일으켰다. 마기와 대척점에 있는 신성력은 빠르게 공기를 정화시켰다.

늪과 같은 마기에서 5미터는 넘어 보이는 거인이 일어났다.

김성현은 검은 거인의 이름을 중얼거렸다.

"앙그라 마이뉴."

[그래. 내가 바로 마계의 위대한 마왕이자 악의 화신인 앙그라 마이뉴다!]

"지랄. 오르마즈드의 실패작 따위가."

[네놈이 건방지게 그의 이름을 언급하지 말라!]

거대한 마기가 해일처럼 터져 나온다.

어딘가에 있을 인과율의 시곗바늘이 미친 듯이 돌아가기 시작했다.

'인과율을 완벽하게 채운 것도 아닐 텐데……!'

지금의 앙그라 마이뉴는 악교가 예상했던 것보다 더 약한 상태였다. 그런데도 이만한 힘을 내뿜는다는 사실에 경악스러웠다.

'그런데 어떻게 넘어온 거야?'

앙그라 마이뉴는 악교가 부활이라 부르는 의식을 통해서만 이 땅에 강림할 수 있다. 그러나 어디에서도 의식을 치르는 걸 발견하지 못했다.

'설마…….'

김성현은 앙그라 마이뉴의 뒤에 누워 있는 마락경을 보았다.

그 정도 되는 마왕을 한 번에 강림시킬 수 있는 방법이 하나 존재하긴 한다.

마락경이 그의 화신이라는 걸 생각한다면 충분히 가능한 일이었다.

"젠장, 자신을 제물로 바쳤군."

설마 죽음을 감수할 줄이야.

아무리 화신이라도 삶의 욕구는 존재할 터였다.

목숨조차 포기할 정도로 앙그라 마이뉴의 강림이 중요했다는 것인가?

악마 주제에 이해할 수 없는 사상을 가지고 있다. 이기적인 놈들 주제에 말이다.

"차라리 잘됐어."

이왕 이렇게 된 거 지금이 기회라면 기회였다.

온전한 상태의 앙그라 마이뉴라면 닥치고 도망쳤어야 하지만 지금은 얘기가 다르다.

"지금이면 해 볼 만하지."

[건방진 애송이 신이!]

앙그라 마이뉴의 몸집이 하늘까지 닿을 정도로 커졌다.

김성현은 순간 밤이라도 온 줄 알았다. 그의 그림자 때문에 빛이 사라졌다.

"미친."

다른 마왕들과 달리 앙그라 마이뉴는 상상을 초월하는 거인이라는 얘길 들은 적이 있었다.

'골 때리네.'

김성현은 마른세수를 하고 검을 양손으로 쥐었다.

덩치가 커진 거지, 힘이 강해진 건 아니다!

그렇게 자기 위안을 하며 앙그라 마이뉴를 향해 날아올랐다.

✦ ✦ ✦

 언덕으로 향하고 있던 곽운 일행은 하늘까지 닿는 검은 거인을 보며 몰던 말을 세웠다.
 거인은 태산과도 같은 주먹을 땅 위로 휘둘렀다.
 콰아아아앙!
 대지진이 난 것처럼 서 있기 힘들 정도로 땅이 흔들렸다.
 "거짓말……."
 믿을 수 없는 현실을 부정했다.
 제갈천은 주먹으로 땅을 치며 분개했다.
 "계획이 실패했단 말인가!"
 실패할 이유는 그 어디에도 없었다.
 혹시 얘기가 새어 나갔나? 그것도 아니라면 악교의 힘이 상상을 초월할 정도였다는 것인가?
 정답이 무엇이든 이미 세상은 멸망을 코앞에 두고 있었다.
 "모두가 그곳으로 가 있었어야 해……."
 작전상 너무 많은 인원이 한꺼번에 움직이면 들킬 염려가 있어 선발대, 후발대로 나눠 두었었다.
 차라리 그 위험을 감수했더라면 저 검은 거인이 나타나지 않았을지도 모른다.
 패탁로가 제갈천에게 물었다.

"이제 우린 어떻게 해야 하는가?"

호탕하기로는 손에 꼽히는 그조차 지금만큼은 웃을 수 없었다.

저런 괴물을 상대로 누가 대적이나 할 수 있겠는가.

우화등선 수준의 고수가 아닌 이상 흠집도 내지 못할 것이다.

제갈천은 대답할 수 없었다. 아무리 최고의 군사라도 신적 존재 앞에선 무력할 뿐이었다.

그때 강한 빛줄기가 거인의 머리통을 후려쳤다. 거인이 휘청거리며 바닥에 주저앉았다.

쾅!

굉음과 함께 산등성이가 무너져 내렸다.

무림맹 고수 중 하나가 소리쳤다.

"그, 그자입니다!"

"설마!"

곽운이 안력을 높여 시력을 확장시켰다.

그리고 볼 수 있었다. 공간을 이리저리 뛰어넘으며 거인에게 공격을 퍼붓고 있는 김성현의 모습을!

"그, 그가 맞서 싸우고 있어!"

"진짜잖아!"

거인만큼이나 놈과 맞서고 있는 김성현의 모습도 믿기지

않았다.

그가 자신들과는 격이 다른 강함을 가지고 있다는 건 알고 있었다.

하지만 하늘까지 머리가 닿는 거인과 싸울 정도일 줄은 몰랐다.

진즉에 죽었을 거라고 생각했는데······.

"엄청나군······."

거대한 하늘을 가르는 빛의 검이 거인을 향해 떨어진다. 거인은 팔로 검을 막아 내고 주먹을 휘둘렀다.

쿠우웅!

주먹 한 번 휘두르는데 사방으로 돌풍이 휘몰아쳤다.

곽운이 모두에게 외쳤다.

"다들 그가 승리할 수 있도록 기도나 하세!"

그들이 할 수 있는 건 그것뿐이었다.

* * *

김성현은 허공에서 퍼지기 시작한 독기를 보며 인상을 구겼다.

불완전해도 마왕은 마왕인지 소름 돋게 강하다.

여섯 번째 좌부턴 마왕의 격이 한층 높아진다고 듣긴 했지만 이 정도일 줄이야.

뜬금없지만 데몬크로스가 전력을 다하면 대체 얼마나 강할지 상상도 가지 않았다.

[어디서 한눈을 파느냐!]

"이크!"

김성현은 전방에서 쏘아져 오는 거대한 가시를 간신히 피해 냈다.

가시는 하늘을 꿰뚫을 기세로 우주까지 날아갔다. 무식하기 짝이 없는 기술이다.

앙그라 마이뉴는 마법이나 이능력 같은 특별한 힘을 쓰는 마왕이 아니었다. 그는 몸집에서 나오는 강한 힘과 선천적으로 타고난 독기만을 이용해 공격해 왔다.

방금 같은 거대 가시는 독기를 고체화시킨 것이었다. 스친다면 자신이라도 큰 타격을 입게 된다.

'젠장! 너무 커서 때릴 곳은 많은데 피해를 안 입네?'

벌써 수백 번 넘게 공격했다. 그런데도 놈은 멀쩡하다 못해 팔팔했다.

지금도 앙그라 마이뉴는 자신에게 주먹을 휘두르고 있었다. 큰 몸집이 역동적으로 움직이니 대기 상태가 멀쩡할 리 없었다.

"칫!"

그의 공격은 별로 문제가 되지 않았다. 공격 시도에서 발생하는 여파가 가장 큰 방해거리였다.

김성현은 혀를 차며 주먹의 반대편으로 공간 이동했다. 그러나 얼마나 빨리 알아채는지 곧장 팔의 궤도를 틀었다.

보호막을 펼치고 수룡을 만들어 냈다.

"수룡파!"

거대한 수룡이 앙그라 마이뉴의 팔을 향해 움직였다. 앙그라 마이뉴의 거대한 음성이 밑에서 들려왔다.

[그런 지렁이 같은 걸로 뭘 하겠다는 것이냐?]

수룡이 아무리 거대하다지만 앙그라 마이뉴의 팔 앞에선 문자 그대로 지렁이 사이즈였다.

하지만 위력도 과연 지렁이 같을까?

김성현은 직접 수룡을 조작하며 놈에게 경고했다.

"작은 고추가 왜 매운지 알게 해 주마!"

작은 고추보다 수십만 배는 더 큰 수룡이 수천 배는 더 큰 앙그라 마이뉴의 팔을 들이받았다.

앙그라 마이뉴가 조금 놀랐는지 눈을 크게 떴다.

김성현은 히죽 웃으며 수룡에게 마력을 쏟아부었다.

"팔 하나 떨궈 주지!"

[크아아악!]

콰득!

거대한 팔을 파고드는 수룡이 그대로 뼛속까지 침투했다.

김성현은 수룡의 물 속성을 다른 속성으로 교체했다. 그가 흥에 겨운 목소리로 외쳤다.

"폭발은 예술이다! 익스플로전!"

콰아앙!

앙그라 마이뉴의 왼팔이 갈라지며 붉은빛을 뿜어냈다.

그리고 미약하게 새어 나오는 불길과 함께 거대한 폭발을 일으켰다!

앙그라 마이뉴가 곧장 팔의 수복에 나섰지만 기다려 줄 김성현이 아니었다. 전격을 최대치로 일으킨 뒤 그걸 사정없이 분출했다.

[놈!]

거대한 팔을 타고 대량의 독 산성이 뿜어져 나왔다. 대기가 빠른 속도로 검보랏빛 안개로 뒤덮였다.

김성현은 급하게 전격을 끊어 내고 신성력을 펼쳤다. 독 산성이 파고들려 했지만 극상성의 힘을 밀어낼 순 없는지 주변을 맴돌았다.

"귀찮게!"

대기 전체가 독 산성으로 오염됐다. 공간 이동으로 피할 만한 곳이 보이지 않았다.

그때 거대한 무언가가 검보랏빛 안개를 뚫고 날아들었다.

앙그라 마이뉴의 오른 주먹이었다.

김성현은 붉은 마룡의 눈을 강하게 움켜쥐었다.

"폭주와 분노!"

붉은 눈알에서 사악한 기운이 흘러나왔다.

['타르타로스'의 힘이 육신에 스며듭니다.]

[모든 능력치가 15분간 150퍼센트 증가합니다!]

[모든 스킬 공격력이 150퍼센트 증가합니다!]

[물리, 마법 피해 면역력이 200퍼센트 증가합니다!]

[지금부터 시작되는 모든 공격에 '마룡의 분노'라는 추가 공격이 부여됩니다!]

크와아아아앙!

목걸이에서 마룡의 피어가 울려 퍼졌다.

김성현은 신성한 일격으로 거대 주먹의 궤도를 틀었다.

앙그라 마이뉴가 김성현에게 노한 음성을 토해 냈다.

[네놈! 타르타로스의 힘을 어디서 얻은 것이냐!]

타르타로스는 마계에서도 마왕급에 버금가는 힘을 지닌 마룡으로 유명했다.

모든 마왕이 그를 영입하려 했지만 번번이 실패했다.

그중 하나가 앙그라 마이뉴였다.

타르타로스가 죽었을 때 얼마나 아쉬웠던가.

그런데 간신히 2급에 턱걸이하는 수준의 신 녀석이 그

힘을 다루고 있다.

[반드시 죽여 주마!]

쿠웅!

엉덩이를 바닥에서 떼고 자리에서 일어났다. 뿌연 흙먼지가 반경 수십 킬로미터까지 퍼져 나갔다.

김성현은 전신에 흐르는 붉은 기운을 보며 미소 지었다.

하이 리스크 하이 리턴이라고, 목숨 걸고 얻어 낸 아이템 능력다웠다.

일단 흥분을 가라앉히고 냉정하게 현 상황을 분석했다.

'저주와 공포는 놈에게 통하지 않는다.'

놈은 악의 결정체라고 할 수 있기 때문에 저주나 공포 계열의 스킬은 의미가 없다.

'일단 움직임을 조금이라도 멈춘다.'

김성현은 생각을 마치고 몰랑드의 반지를 사용했다. 녹색 보석이 빛을 내며 일어난 앙그라 마이뉴를 짓눌렀다.

[아주 가볍구나!]

역시 덩치가 덩치다 보니 초염력으론 역부족이었다.

김성현은 카락카스의 벨트에 존재하는 세 가지 스킬 중 배덕한 자의 늪을 사용했다.

배덕한 자의 늪의 고유 효과인 탈진과 감속은 놈에게 통하지 않는다. 대신 그 모든 능력을 넓은 늪을 만드는 데 집중했다.

　앙그라 마이뉴의 두 다리 중 하나가 밑으로 쑥 들어갔다.

　[이런 잔재주를!]

　"5초라도 충분해."

　김성현의 신형이 잔상을 남기며 놈을 향해 움직였다.

　상승한 능력치의 힘으로 신성력을 넓게 퍼트렸다. 더 이상 독 산성은 그에게 피해를 주지 못한다.

　그대로 뇌화를 사용했다.

　파지직!

　육체가 푸른 불꽃을 튀며 변화했다.

　앙그라 마이뉴가 독 산성을 잔뜩 섞은 입김을 불었다.

　말이 입김이지, 산 하나를 민둥산으로 만들어 버리기 충분한 풍력이었다.

　"어스퀘이크!"

　한 번 더 땅을 흔들었다. 앙그라 마이뉴가 찰나의 순간 균형을 잃었다.

　놈과 거리가 빠른 속도로 좁혀졌다.

　그렇게 500미터 범위 안에 들어온 순간,

　"에어리어 룰러!"

　500미터 내의 모든 공간이 김성현의 권속 안에 들어왔다.

　앙그라 마이뉴의 거대한 신체 일부도 그 안에 포함되어

있었다.

앙그라 마이뉴가 공간을 파괴하기 위해 힘을 일으키려 했다. 그러나 이미 늦었다.

에어리어 룰러는 3레벨이 된 순간 사기라고밖에 표현할 수 없는 스킬이 되었다. 3레벨이 되며 새롭게 추가된 능력 때문이었다.

김성현이 모든 유지 시간을 그 능력을 사용하는 데 쏟아부었다.

"전이!"

[에어리어 룰러의 유지 시간이 모두 감소되었습니다.]

공간 이동은 타인의 신체 안에 직접적으로 이동할 수 없다. 하지만 전이는 다르다.

김성현은 앙그라 마이뉴에게 전이를 사용하지 않았다. 사용 대상은 바로 자신!

그의 모습이 허공에서 사라졌고, 다시 나타난 곳은 새까만 어둠 안이었다.

[무, 무슨 짓을!]

앙그라 마이뉴의 목소리가 동굴에서 말하는 것처럼 울려 왔다.

김성현은 히죽 웃으며 빛을 만들어 냈다.

"자, 쇼 타임이다."

전격, 신성력, 마력. 세 가지 힘을 하나로 뭉친다.

매일 아침 김성현이 몸을 풀기 위해 하는 의미 없는 줄다리기. 그걸 이곳에서 할 생각이었다.

다른 점이 있다면,

"줄다리기가 없다는 것 정도."

[잠깐!]

"어차피 죽지 않잖아."

놈은 마계에 본체가 있기에 역소환될 뿐 생명엔 전혀 지장 없을 것이다.

다만 생각보다 많이 약해질 테고, 그의 영역을 욕심내는 마왕들이 구경만 하진 않을 것이다.

[나, 나와 거래를 하자!]

앙그라 마이뉴가 당황한 목소리로 거래를 제안했다. 놈도 사태의 심각성을 인지한 모양이었다.

하지만 이미 늦었다.

"그만 꺼져!"

[네놈도 멀쩡하진 못할 것이다!]

체내에서 끔찍할 정도의 독 산성이 액체의 형태로 떨어져 내린다.

"크아악!"

아무리 신성력을 두르고 있어도 이곳은 앙그라 마이뉴의

체내.

끔찍한 악취와 함께 피부가 녹아내리기 시작했다!

김성현은 이를 악물고 뭉친 힘을 터트렸다.

기술명은 딱히 없었다. 굳이 정하자면,

"쿵쾅!"

※ ※ ※

검은 거인의 눈, 코, 입, 귀에서 새하얀 빛이 뿜어져 나왔다. 빛은 곧 몸 곳곳을 뚫고 튀어나왔다.

멀리서 지켜보고 있던 무림맹 인원들은 밝은 빛에 얼굴을 가렸다.

그리고 세상의 색을 앗아 가듯 거대한 빛 덩어리가 폭발하며 하늘을 뒤덮었다.

그다음 폭발로 발생한 후폭풍이 휘몰아쳤다. 엄청난 열기를 품은 후폭풍이었다.

무림맹 고수 중 경지가 얕은 자는 견디지 못하고 즉사했다.

곽운은 내공을 최대한 끌어 올린 상태로 저항하는 중이었다.

'이게 대체 무슨 일이란 말인가!'

빛은 가라앉을 생각을 하지 않았다. 온 세상이 멸망하는 게 아닌가 싶을 정도로 위력은 끔찍했다. 인근의 촌락들은 방금 폭발로 인해 흔적도 없이 날아갔을 것이다.

곽운은 눈을 질끈 감고 몸을 둥글게 말았다. 등가죽이 타 들어 가는 것 같다.

그렇게 제법 많은 시간이 흐르고 빛이 서서히 가라앉았다.

곽운은 힘겹게 뒤에 있는 사람들을 확인했다. 반 이상이 목숨을 잃었다.

생존자들 중에서도 초절정이 아닌 자들은 피해가 극심했다. 초절정고수들도 그나마 나은 거지 상황은 심각했다.

패탁로가 말했다.

"대체 어떻게 된 것입니까?"

"모른다네……."

곽운은 옆에서 고통스러워하는 제갈천을 보았다.

그는 다른 간부들보다 무공 쪽으로는 떨어졌기에 큰 피해를 입은 상태였다.

곽운은 남아 있는 기를 그에게 조금 나눠 주었다. 제갈천의 표정이 조금 편해졌다.

"일단… 거인은 죽은 것인가?"

"아무래도 그렇지 않을까 싶습니다."

"동귀어진… 이라고 봐야겠지?"

"그렇지 않고선……."

패탁로의 대답에 곽운은 고개를 끄덕였다. 방금 같은 폭발을 코앞에서 맞았다면 사는 건 불가능하다.

악교가 부활시킨 마신은 이제 없다. 아마 더 이상의 추가 피해는 없을 것이다.

하지만,

"다행이라곤 못하겠군."

패탁로가 무거운 얼굴로 고개를 끄덕였다.

❋ ❋ ❋

창문 하나 없는 어둑한 방 중심에 한 남자가 가부좌를 틀고 앉아 있다.

남자는 몸 이곳저곳이 녹고, 피부가 거뭇거뭇하게 물들어 있었다.

"후우……."

남자가 낮게 숨을 내쉬었다. 녹아내린 피부가 끓어오르며 아주 느리게 재생되기 시작했다.

남자, 김성현은 어둠 속에서 인상을 찌푸렸다.

앙그라 마이뉴의 체내에서 쿵쾅을 터트린 순간 독 산성이 감당할 수 없을 정도로 터져 나왔다.

폭발의 여파로 정신을 차리기 어려운 상태였다. 그대로

독 산성의 오물을 뒤집어썼고, 육체가 녹아내렸다.

그대로 있다간 정말 죽을 것 같았다. 흐려져 가는 의식 속에서 어떻게든 생츄어리로 피신했다.

좌표를 구입해 둔 저택으로 지정해 둔 덕에 남의 눈에 띄지 않을 수 있었다.

그곳에서 곧장 육체 수복에 나섰다.

구해 놓은 엘릭서 두 병을 모조리 들이켰고, 명상에 집중했다.

그렇게 이틀이 흐르고 현재가 되었다.

"젠장."

농담이 아니라 지금까지 퀘스트 월드를 플레이하며 제일 위험한 순간이었다.

하지만 이번에도 살아남았다.

퀘스트 클리어 소리도 이곳에 넘어오고 얼마 안 가 들려왔다.

이번에 얻은 보상은 '멀덴의 영광'이란 귀걸이였다.

아직 능력치는 확인해 보지 못해서 어떤 능력을 가졌는지는 모른다.

귀는 뚫어 본 적 없는데 덕분에 뚫어 볼 기회가 생겼다.

김성현은 실없는 생각을 하며 눈을 떴다.

완벽하게 회복하려면 며칠 더 고생해야 하지만 통증은

거의 사라졌다.

그 상태로 상태창을 열었다.

이름:김성현

레벨:126(Exp 62.32퍼센트)

종족:드래고니안(지구 출신)

직업:이능 마검사

SP:170/170

능력치:능력치 포인트 35(레벨 업당 5포인트 지급)

근력 202(398+30퍼센트) 민첩성 130(398+30퍼센트)

지력 85(548+30퍼센트)

체력 108(248+30퍼센트) 마력 306(548+30퍼센트)

이능력 427(218+30퍼센트)

타이틀:

죽음조차 두려워하는 자(3Lv(성장형),

모든 능력치 30 상승)

드래곤 슬레이어(9Lv, 모든 능력치 30 상승(이능력 제외),

용족 대상 10퍼센트 추가 피해)

레인보우 워프에 도달한 자(9Lv, 모든 능력치 25 상승,

공간계 능력 사용 시 모든 능력치 3퍼센트 증가)

신격(6Lv, 모든 능력치 25 상승, 신성력 사용 시 15퍼센트
추가 공격력 상승, 악마족 대상 15퍼센트 추가 피해)
마왕 사냥꾼(10Lv, 모든 능력치 40 상승, 악마족 대상
20퍼센트 추가 피해, 마기 저항력 20퍼센트 상승)
*드래곤 하트(82퍼센트)+현자의 돌:모든 능력치 30 상승
*드래곤 하트(82퍼센트)와의 동화율 86퍼센트:
모든 추가 능력치 17퍼센트 상승
*현자의 돌과의 동화율 98퍼센트:
모든 추가 능력치 13퍼센트 상승
*드래곤 하트(82퍼센트)+현자의 돌의 융화로 기존의
육체가 '마력 최적화형 육체:에테르 모드'로 변환
*에테르 모드로 인해 2급 마도사 유지(1급으로 격상 가능)
*드래곤 하트(82퍼센트)의 영향으로 종족이 인간에서
드래고니안으로 변환

'이번 에피소드에서 총 7레벨이 올랐네. 앙그라 마이뉴를 죽이고 4레벨 정도 올랐나 보군. 나머지 하나는 퀘스트 클리어 때문일 테고. 어? 타이틀도 하나 생겼잖아?'

마왕 사냥꾼. 작명 센스가 끝내줬다.

왠지 눈물이 날 것 같았다. 지금까지 몇 명의 마왕한테

고통을 받았던가. 데몬크로스, 베히모스, 아타락시아, 마지막으로 앙그라 마이뉴까지.

그중 앙그라 마이뉴를 이 손으로 직접 해치웠다.

진짜로 죽인 건 아니지만 역소환시킨 것만으로도 큰 의미가 있었다.

'처음으로 마왕이란 놈을 쓰러트렸어.'

얼굴에 숨길 수 없는 미소가 그려졌다.

김성현은 능력치를 다 올리고 상태창을 닫았다. 그다음 인벤토리를 열어 멀덴의 영광을 꺼냈다.

[멀덴의 영광]
분류:귀걸이
등급:레전더리
레벨:43
내구도:5,000/5,000
직업:모든 직업 사용 가능
모든 능력치 +60
특수 능력:1일 1회 승자를 위한 전쟁(11Lv)
설명:서방과 동방을 통일시킨 유일왕 멀덴이 생전에 아꼈던 귀걸이다.

설명이 무척 짧았다. 일차원적으로 보면 다른 레전더리 아이템보다 뒤떨어져 보였다.

하지만 김성현은 아이템의 능력을 확인하고 입을 열지 못했다. 그의 동공은 떨리고 있었으며, 입술은 빠르게 메말라 갔다.

그가 경악한 목소리로 소리쳤다.

"미쳤다! 으윽……!"

소리치자 상처 부위가 벌어지며 통증이 발생했다. 그런데도 김성현은 웃고 있었다.

아이템을 확인하기 전까진 멀덴이 누군지 몰랐다. 그냥 어느 역사에 이름을 새긴 영웅 정도로만 생각했다.

레전더리 아이템은 보통 그런 자들이 가지고 있던 아이템이었으니까.

물론 멀덴도 영웅이었다.

영웅이긴 한데 그 어떤 영웅과도 궤를 달리하는 업적을 남긴 영웅이었다.

이름은 몰라도 퀘스트 월드 유저라면 모두가 한 번쯤 들어 봤을 것이다.

골든 엠페러라 불렸던 최강의 영웅이자 황제의 이명, 유일왕.

이 귀걸이는 그 유일왕이 아끼던 아이템이었다.

그리고 가장 충격적인 것은 귀걸이에 내장된 단 하나뿐인 능력이었는데,

"11레벨이라니……."

단언컨대 퀘스트 월드 전체를 뒤져 봐도 11레벨 이상의 스킬은 한 손에 꼽힐 것이다.

11레벨부턴 신의 영역이라고 불렸다. 그렇다면 멀덴은 신격을 얻은 존재라는 얘기인데, 신의 목록을 뒤져 봐도 멀덴이란 이름은 없었다.

"이름을 바꾼 건가?"

그것 말고도 이상한 점이 있었다. 서방과 동방의 통일이 바로 그것이었다.

김성현이 알기로 두 대륙은 절대 하나가 되지 못했다. 역사서를 뒤져 봐도 통일됐다는 얘기는 적혀 있지 않았다.

"이것도 숨겨진 비사 같은 게 있는 건가?"

그렇게밖에 생각할 수 없었다.

이 궁금증은 나중에 해소시키는 걸로 하고 귀걸이를 착용했다.

추가 능력치가 상승하며 미약하지만 힘이 증가하는 게 느껴졌다. 그리고 다시 회복에 집중했다.

✻ ✻ ✻

3일이 흐르고 육체는 완벽하게 수복되었다.

이젠 하다 하다 자가 치료까지 가능하단 생각에 어이가 없었다. 이 정도면 이능 마검 치료사라고 불러도 될 정도다.

김성현은 채비를 하고 대도서관으로 향했다. 자신이 사라지고 역사가 어떻게 바뀌었는지 알아볼 생각이었다.

고딕 양식의 거대한 건물 안으로 들어가자 눈으로 셀 수 없을 정도로 방대한 책들이 보였다.

수많은 플레이어들이 곳곳에 배치된 책상에 앉아 책을 읽고 있다.

그는 동방 역사관 쪽으로 걸음을 옮겼다. 그곳엔 동방 학사 의복을 한 플레이어들이 제법 많았다.

그들은 동방의 매력에 빠진 이들이었다. 소위 말하는 동방 역사 덕후들.

그들을 지나쳐 하 왕조 코너 앞에서 멈춰 섰다.

이미 한 번 훑어봤던 것들이라 하 왕조 182년의 기록을 금방 찾았다.

"어디 보자."

책을 펼치자 자연스럽게 고대의 가르침이 발동됐다. 읽지도 않았는데 내용이 고스란히 머릿속으로 스며든다.

"바뀌었군."

퀘스트 월드의 모든 역사는 플레이어의 영향을 직간접

적으로 받는다. 그래서 항상 역사의 내용이 바뀌었고, 매일 오전 10시에 모든 도서를 업데이트시켰다. 시스템이기에 가능한 일이었다.

김성현은 책을 꽂아 놓고 심란한 얼굴이 되었다. 정사엔 당시의 일이 짧게 기록되어 있었다.

〈거대한 거인이 갑자기 나타나 빛과 함께 사라졌다. 피해는 수만 명으로 추정된다.〉

전후 사정은 완전히 생략되어 있다. 정보 통제를 한 모양이었다.

그런데도 완전히 통제할 순 없는지 짧게 기록한 듯했다.

이 정도로도 충분히 대단했다. 하헌의 정보 통제력에 새삼 혀를 내둘렀다.

앙그라 마이뉴의 덩치를 생각했을 때 쉽게 의문을 잠재울 수 있는 레벨이 아니다.

'대단하네, 하헌.'

하 왕조 이후의 역사도 싹 훑어봤다. 직접 읽는 거라면 몇 년이 걸려도 부족할 정도로 방대했지만, 고대의 가르침은 그걸 몇 분으로 압축시켰다.

이후의 역사는 크게 달라진 게 없었다. 하헌은 예정대로 보검을 찾았고, 동방을 통일했다.

김성현은 동방 역사관에서 빠져나와 서방 역사관으로 향했다. 이번엔 귀걸이의 원주인인 멀덴에 관해 알아볼 생각이었다.

골든 엠페러, 혹은 유일왕이라고 알려진 것에 비해 멀덴의 기록은 무척이나 찾기 어려웠다.

서방 역사관을 돌고 돌아 30분 정도가 지날 때쯤 드디어 발견할 수 있었다.

그런데 뭔가 좀 이상했다.

"이거… 먼지가 왜 이렇게 많이 꼈어?"

최소 몇 년은 건드리지도 않은 듯 책들 위엔 수북한 먼지가 쌓여 있었다.

김성현은 고개를 갸웃거리며 가장 첫 권을 뽑아 들었다. 먼지 때문에 연신 기침이 나왔다.

그는 인상을 찌푸리며 첫 장을 펼쳤다. 그곳엔 아무것도 적혀 있지 않았다.

다음 장으로 넘겨도, 그다음 장으로 넘겨도 마찬가지였다.

다음 권을 확인했다. 이것도 마찬가지였다.

"뭔데?"

멀덴에 관한 모든 책에 글자가 적혀 있지 않았다. 이건 말이 되지 않았다.

사서 NPC에게 물어볼 요량으로 책 두 권을 들고 걸음을 옮긴 순간이었다.

[히든 에피소드 발생!]

[에피소드 00:비운(悲運)]-???

그는 세계에서 가장 강했다. 그는 신조차 굴복시켰으며, 마왕조차 우습게 짓밟았다. 그는 불사였다. 그는 멸망한 세계의 생존자였다. 그는 정복자였다.

그의 이름은 멀덴 미스릴. 모든 것을 다스릴 왕의 자질을 타고난 존재였다.

[퀘스트 발생!]

젊은 시절의 멀덴을 도와라!

클리어 조건:멀덴을 도와 적을 쓰러트려라!

클리어 보상:멀덴의 ???

"이런 미친……."

거부할 수 없는 힘이 김성현을 옭아맸다.

어떻게든 벗어나기 위해 저항해 봤지만 의지와 상관없

이 몸이 어딘가로 빨려 들어간다.

운영자의 반지를 발동시켰다. 그러나 아무런 반응도 일어나지 않았다.

"으아아아!"

새까만 무언가가 김성현을 집어삼켰다. 무언가는 빠른 속도로 수축하더니 공기 중으로 사라졌다.

＊　＊　＊

밝은 금발을 한 청년이 어두운 얼굴로 창밖을 보고 있다.

청년은 덜그럭거리는 갑옷을 끌고 어딘가로 향했다. 그곳엔 은색 갑주로 무장한 병사 수천 명이 대기하고 있었다.

청년, 멀덴은 옆으로 손을 내밀었다. 부관 하나가 들고 있던 백색 검을 그의 손에 쥐여 주었다.

"들어라."

멀덴이 차분한 음성으로 입을 열었다. 모두의 시선이 그에게로 향했다.

아주 잠깐 정적이 흘렀다. 그리고 긴장감이 맴돌았다.

멀덴은 바싹바싹 마르는 입술에 침을 발랐다. 그는 검을 꽉 쥐고 모두에게 말했다.

"우리는 지금부터 사지로 나아간다."

충분히 반발이 일어날 수 있는 발언임에도 모든 병사들은 입도 뻥긋하지 않았다.

"우리는 분명 죽을 것이다."

멀덴이 병사들을 쭉 둘러봤다. 그들의 얼굴엔 일말의 공포 따윈 존재하지 않았다. 오로지 투쟁만이 그곳을 가득 채우고 있었다.

"아마도 패배할 것이다."

군대를 이끄는 자가 할 말은 아니었다.

대체 누가 지기 위한 싸움을 하겠는가?

이번에야말로 병사들 사이에서 반발이 일어날 줄 알았다.

큰 착각이었다. 그들은 그것조차 감수하고 있었다.

멀덴은 가볍게 한숨을 내쉰 후 미소 지었다.

"녀석들, 누가 꼴통 아니랄까 봐."

"저희가 없으면 누가 폐하를 지킵니까!"

"저희야말로 폐하의 검이자 방패! 마음껏 써 주십시오!"

병사들의 외침에 멀덴은 얼굴을 문질렀다.

이들을 죽게 놔두고 싶지 않았다.

그는 주먹을 쥐고 높이 들어 올렸다.

그들에게 반드시 승리할 거라고 약속할 순 없었다. 하지만 적어도 그들이 개죽음당하는 꼴은 보지 않을 것이다.

멀덴이 푸르스름한 기운을 뿜어내며 힘껏 외쳤다.

"내가 너희의 뒤를! 너희의 앞을 지킬 것이다! 모두 가서 싸워라! 사악한 존재들에게 죽음을 선사하라!"

"우오오오오오!"

병사들이 대함성을 터트렸다.

그 광경을 이면 속에서 김성현이 지켜보고 있었다.

※ ※ ※

김성현은 아직 이면 속이었다.

멀덴과 병사들은 이미 자리를 떴지만 그는 생각할 거리가 많아 미동도 하지 않았다.

"히든 에피소드라……."

여태껏 이런 식으로 에피소드가 발생한 적은 없었다.

운영자의 반지로 빠져나가 보려 했지만 발동하지 않았다. 답답함이 몰려왔다.

에피소드가 진행 중이더라도 반지의 힘을 쓰면 무조건 다른 에피소드로 이동할 수 있어야 한다. 괜히 운영자란 이름이 붙은 게 아니다.

'운영자의 영향력이 닿지 않는 에피소드라는 거야? 혹은 운영자조차 모르는 에피소드?'

말도 안 되는 소리다.

이 반지는 게임 제작에 직접 참여한 테베즈의 것이었다. 제작자가 모른다는 건 어불성설이다.

'전자가 맞다면 일부러 반지의 힘을 없앴다는 건데……'

아무리 사이가 안 좋다고 해도 테베즈가 반지에 이상한 짓을 해 놨을 리 없다.

그건 말 그대로 거래 위반이니까.

그렇다면 생각할 수 있는 경우의 수는 한 가지.

테베즈가 끌어내리고 싶어 하는 또 다른 제작자들, 그들이 이 에피소드에서 테베즈가 영향력을 행사할 수 없도록 제약한 것이다.

이유까진 알지 못하지만 그것 말곤 생각할 수 없다.

김성현은 인상을 구겼다.

'복잡하구만.'

에피소드 내용을 보아하니 절대 쉬워 보이지 않았다.

[에피소드 00:비운(悲運)]-???

그는 세계에서 가장 강했다. 그는 신조차 굴복시켰으며, 마왕조차 우습게 짓밟았다. 그는 불사였다.

그는 멸망한 세계의 생존자였다. 그는 정복자였다.

그의 이름은 멀덴 미스릴. 모든 것을 다스릴 왕의 자질을 타고난 존재였다.

[퀘스트 발생!]
젊은 시절의 멀덴을 도와라!
클리어 조건:멀덴을 도와 적을 쓰러트려라!
클리어 보상:멀덴의 ???

 에피소드엔 현 상황이 어떤지 나와 있지 않았다.
 하지만 세계에서 가장 강했다는 표현과, 신과 마왕조차 굴복시켰다는 표현이 눈에 들어왔다.
 멀덴이 2급 신 이상의 힘을 지녔다는 걸 돌려 표현하고 있다.
 방금 전 멀덴의 짧은 연설 속에서 적들은 승리를 장담할 수 없을 정도로 강하다는 걸 알 수 있었다.
 약화된 마왕 하나 목숨 걸고 쓰러트린 자신이 감당할 수 있을까?
 솔직히 모르겠다.
 '에피소드 00은 대체 뭐야?'
 머리를 거칠게 헤집었다.
 이곳에서 더 고민해 봐야 나오는 건 없다.

김성현은 그만 이면의 바깥으로 나갔다.

어디로 가야 할지 고민할 필요는 없었다. 거리가 좀 있긴 하지만 동쪽에서 강한 힘의 충돌이 느껴졌다.

공간 이동을 사용해 그곳으로 이동했다.

장면이 넘어가듯 바뀐 풍경 속에서 김성현은 보았다.

높이 뛰어오른 멀덴이 투박한 흑색 망치를 50미터가 넘어가는 괴수의 머리에 처박았다.

콰아앙!

김성현은 급히 보호막을 펼치고 모든 힘을 끌어 올렸다.

"큭!"

푸른빛이 돔 형태로 퍼져 나간다.

괴수의 몸이 갈라지며 밝은 빛을 뿜어냈다. 그리고 흔적도 없이 터져 나갔다.

김성현은 빠르게 폭발과 거리를 벌렸다.

쿵쾅과 비교해 봐도 절대로 밀리는 위력이 아니다. 휘말리는 것만으로 최소 중상이다.

"또라이급으로 강하잖아?"

망치 한 번 휘두른 걸로 전력을 다해야 쓸 수 있는 쿵쾅 수준의 위력이다. 어처구니가 없었다.

대략 2킬로미터 정도 거리를 벌리자 피해 범위에서 어느 정도 벗어날 수 있었다.

세계 최강이라더니, 괜히 그런 설명문이 들어가 있던 게 아니었다.

저런 자를 돕는다는 것 자체가 설정 오류다.

멀덴은 빛을 갈무리하고 바닥에 착지했다.

그 순간! 바닥이 무너지며 방금 터져 나간 괴수와 똑같이 생긴 괴수들이 튀어나왔다.

대충 세어도 대략 100개체 이상.

'탐테스보다 큰 녀석이 이렇게 많이 있다고?'

괴수들은 거대한 덩치를 이끌고 멀덴을 공격했다.

병사들은 자신들의 왕의 앞을 가로막고 되레 괴수들을 향해 뛰어올랐다.

김성현은 경악했다.

기다란 창과 둥근 방패로 무장한 병사들은 오러를 초월한 힘을 괴수들에게 휘둘렀다.

콰가가강!

신화 속에서나 볼 법한 무지막지한 위력이 대지를 휩쓴다. 그리고 멀덴이 한 번 더 뛰어올랐다.

망치에 푸른 기운이 서리며 허공을 향해 휘둘러졌다.

'이건 위험해!'

2킬로미터로도 부족하다!

뻥!

일순 듣기 싫은 소리가 고막을 파고들었다.

뇌가 진탕 울리며 몸의 균형이 흐트러졌다. 공간 이동을 사용할 수 없다.

망치가 대기를 때렸다. 공간에 거대한 균열이 벌어졌다. 그 틈으로 어둠이 새어 나왔다.

콰가가가각!

흙으로 덮인 땅덩이가 허공에 그려진 균열을 따라 갈라진다.

[크오오오오!]

균열 속에서 거대한 눈동자가 보였고, 귀청이 떨어질 듯한 울음소리가 들려왔다.

멀덴이 팔을 교차시켜 얼굴을 가렸다.

병사들도 마찬가지였다. 그들은 방패를 앞세운 뒤 몸을 웅크렸다.

허공의 균열이 깨지며 무언가 모습을 드러냈다.

김성현은 밑으로 내려와 그것의 정체를 확인했다.

전신을 흑색 비늘로 뒤덮은 생명체였다. 언뜻 보면 드래곤 같지만 절대 드래곤이 아니다.

저걸 대체 뭐라고 불러야 좋을까?

크기는 또 얼마나 큰지 50미터가 넘는 괴수들 따윈 어린애로 보일 지경이었다.

앙그라 마이뉴를 보지 못했다면 놈이 세상에서 제일 거대한 생물이라고 생각했을 것이다.

거대 괴수가 긴 듯, 짧은 듯한 주둥이를 벌렸다.

꾸와아앙!

한 줄기의 광선이 낌새도 없이 튀어나왔다.

멀덴은 짐작하고 있었는지 최대한 광선을 막아 냈지만, 완벽하게 막는 건 불가능했다.

몇 갈래로 나뉜 광선이 병사들 위로 떨어졌다. 그리고 폭발했다.

김성현은 듀란달을 뽑아 전력을 다해 휘둘렀다.

눈으로 좇지 못할 속도로 퍼져 나가는 폭발.

김성현은 그 힘에 저항하지 못하고 휩쓸렸다. 그리고 정신을 차렸을 땐,

"허억!"

밤이 내려앉은 후였다.

그는 급하게 일어나 주변을 둘러보았다. 너무 어두워 아무것도 보이지 않는다.

마력으로 빛의 구슬을 만들어 위로 띄웠다. 그러자 주변 광경이 조금씩 드러났다.

흙바닥이 온통 까맣게 타들어 갔다. 미약하지만 열기도 조금 남아 있었다.

빛의 구슬을 들고 격전이 벌어지던 장소로 이동했다.

"윽!"

그곳엔 수많은 병사들과 괴수의 시체가 뒤섞여 있었다.

그뿐만 아니라 거대 괴수의 신기한 비늘과 살점도 곳곳에 보였다.

무엇보다 커다란 구덩이가 상당히 많았고, 치열했던 전투의 흔적들이 남아 있었다.

"여긴 대체 어떤 세계인 거야?"

김성현은 지도를 열었다.

[ERROR!]

"음?"

한 번 더 지도를 열었다.

[ERROR!]

"이런 씨……."

지도조차 열리지 않는다. 당연히 생츄어리로 돌아가지지도 않았다. 이곳에선 전투와 관련된 걸 제외하곤 아무것도 이용할 수 없다.

짜증 섞인 한숨이 흘러나왔다.

"일단 거기로 다시 돌아가야 하나?"

이럴 줄 알았다면 그들이 진군하기 전에 먼저 모습을 나타내는 편이 나았다.

김성현은 뒤늦은 후회를 달고 이동했다.

※ ※ ※

"실화냐?"
성이 없다. 정확히는 성이 완파라고 해도 좋을 정도로 무너져 있었다. 이곳에서도 한차례 격전이 벌어진 듯 보였다.
상황이 너무 빠르게 전개되고 있다. 덕분에 머리가 깨질 것 같았다.
무슨 삼류 막장 전쟁 소설도 아니고…….
김성현은 이를 바득바득 갈며 잔해 안으로 걸음을 옮겼다. 부디 멀덴의 흔적이 안에 있길 기도하며.
"빌어먹을……."
당연히 그런 게 있을 리 만무했다.
김성현은 바닥에 쪼그려 앉아 하늘을 보았다.
수많은 별들이 금방이라도 쏟아질 것 같다. 우주를 가로지르는 보랏빛의 은하수는 영롱해 보이기까지 했다.
왠지 자신의 처지와 정반대인 별들을 보자니 화가 났다.
"이런 개 같은 거!"
손안에서 굴리던 돌을 집어 던졌다.
혹시 멀덴이 죽은 게 아닌가 싶은 생각이 들었지만 이내

고개를 저었다.

도와야 하는 대상인 멀덴이 죽으면 퀘스트는 자동으로 실패 처리된다. 아직 진행되고 있다는 건 그가 어딘가에 살아 있다는 뜻이다.

온 정신을 집중하고 기감을 넓혔다.

자신이 다른 생물의 기척을 느낄 수 있는 최대 거리는 반경 500킬로미터 정도.

대충 30분 정도가 흐르고 기감이 한계치에 도달했다.

김성현은 실망스러운 얼굴로 집중을 풀었다.

반경 500킬로미터 이내에 살아 있는 건 단 하나도 존재하지 않는다. 개미 새끼 한 마리도 없다.

"대체 어떻게 된 거야?"

무슨 전투였기에 500킬로미터 내에서 아무것도 감지가 안 된단 말인가?

이곳저곳으로 이동하며 기척을 살폈으나 마찬가지였다.

거대한 땅덩이에 자신만이 덩그러니 놓인 상황이 되었다.

"이런 걸 국제적 미아라고 부르지 않나……."

혹시 에피소드 내용이 바뀐 게 아닌가 싶어 열어 봤지만 내용은 그대로였다.

한숨과 함께 다시 성으로 돌아왔다.

성안으로 들어가 나름 깨끗한 곳에 드러누웠다. 어두워서 잘 못 찾는 것일 수도 있다.

한숨 자고 일어나면 짜잔 하고 멀덴이 나타날 것이다.

그렇게 생각하고 눈을 감았다.

❋ ❋ ❋

잊고 있었다. 폭발의 여파에 휩쓸려 하루 종일 의식을 잃고 있었다는 사실을.

'잠이 안 와…….'

이건 이것대로 미치고 팔짝 뛸 노릇이었다.

하는 수 없이 자리에서 일어나 바깥으로 나갔다. 해가 뜰 때까지 별이나 보고 있을 생각이었다.

부서지지 않은 계단 위에 다시 드러누웠다.

누운 상태로 별을 보니 느낌이 또 달랐다. 역시 우주는 신비롭단 생각이 들었다.

그렇게 몇 시간을 계속 별만 보고 있을 때였다. 별똥별 하나가 빠르게 떨어졌다.

그런데 뭔가 이상하다.

보통 별똥별은 아주 빠른 속도로 반대편으로 사라진다. 그런데 저 별똥별은 되게 느릿느릿하게 이동하고 있는데, 기분 탓인지 모르겠지만 점점 커지고 있었다.

"신기하네."

라고 말을 뱉은 순간, 별똥별의 크기가 눈 한 번 깜빡거리는 동안 엄청나게 커져 있었다.

김성현은 뭔가 잘못됐다는 걸 깨달았다.

뒤를 생각할 여유 따윈 없었다.

머리 위로 바로 떨어지고 있는 별똥별, 아니 운석을 피해 공간 이동을 사용했다.

"으아아아악!"

쿠와아아앙!

운석이 성을 집어삼키며 굉장한 대폭발을 일으켰다.

하루에 저 정도 규모의 대폭발을 두 번이나 볼 줄은 몰랐다.

이번에도 듀란달을 뽑아 다가오는 폭발을 향해 휘둘렀다.

"크으으으!"

다행히 이번 폭발은 운석이 땅과 충돌하며 발생한 충격파였기에 거대 괴수의 광선처럼 위력적이진 않았다.

폭연을 가르며 김성현이 바닥에 착지했다.

그는 마력으로 연기를 걷어 내며 운석이 떨어진 곳으로 이동했다.

새까만 연기 때문에 아무것도 보이지 않는다.

"물."

대량의 물을 만들어 그곳으로 쏟았다.

치이이익!

이번엔 대량의 수증기가 발생했다.

계속해서 찬물을 쏟아부었다. 그러자 수증기가 사그라지며 운석의 형태가 고스란히 나타났다.

그건 김성현이 통상적으로 알고 있는 운석이 아니었다.

"괴수……!"

낮에 멀덴과 병사들에게 광선을 쏘아 낸, 몸을 둥글게 웅크리고 있는 거대 괴수였다!

"괴수가 왜 우주에서……?"

더 놀라운 건 그 높이에서 떨어졌는데도 괴수는 아무런 피해도 입지 않았다는 것이다.

그때 뒤에서 어디에서도 느낄 수 없었던 인기척이 느껴졌다.

인기척은 짙은 살기를 머금고 있었다.

김성현은 언제든 전투에 돌입할 수 있는 상태로 긴장감을 일으켰다.

인기척의 주인이 김성현에게 말했다.

"비켜라."

익히 알고 있는 목소리였다.

김성현이 그의 정체를 확인했다.

그곳엔 그토록 찾아 헤매던 멀덴이 다 부서져 가는 흑색 망치를 들고 서 있었다.

❄ ❄ ❄

기간테스(기가스의 복수형)와의 전쟁은 치열했다.

그들은 거대했고, 강했다.

벌써 몇 차례 큰 전쟁을 치렀지만 도저히 익숙해지지 않는다.

특히나 공간 뒷면에서 때를 기다리는 '아크 기가스'는 나조차도 정면으로 싸우기엔 버거웠다.

그렇다고 뒷전으로 놔둘 수 없었다. 아크 기가스는 기간테스의 모체였으니까.

아크 기가스가 살아 있다면 기간테스는 끊임없이 증식했다.

50미터가 넘는 괴수 군단이 계속 불어난다고 상상해 보라. 끔찍한 지옥이나 마찬가지다.

그리고 막상 아크 기가스를 바깥으로 끌어내면 한 번의 '하품'을 무조건 감당해야 했다.

하품은 입에서 쏘아 내는 광선으로 국가 재앙 수준의 위력을 가지고 있었다.

그런 걸 정면으로 막아 내는 게 내 역할이었다.

물론 완벽하게 막을 수 없어 부하들의 힘을 빌려야만 했다. 그럴 때면 전 병력의 1할은 무조건 사망했다. 아크 기가스의 하품이란 그런 것이었다.

 그 뒤엔 다시 전쟁이 시작됐다.

 아크 기가스를 필두로 한 기간테스 군단과 목숨을 건 사투를 벌였다.

 대체 몇 날 며칠을 쉬지 않고 싸웠는지 모르겠다.

 전쟁 후반부엔 결국 나와 아크 기가스밖에 남지 않게 되었다.

 나와 놈은 우주까지 전장을 넓혔다. 그리고 나의 회심의 일격이 아크 기가스를 후려쳤고, 놈은 지상으로 떨어졌다.

 그 정도론 죽지 않을 걸 알기에 바로 뒤따라갔다.

 그런데 누군가 웅크리고 있는 아크 기가스 앞에 서 있었다. 처음 보는 전사였다.

 심신이 지친 상태라 정체를 물을 기력이 없었다. 빨리 아크 기가스를 죽이고 다음 전쟁 전까지 쉬고 싶을 뿐이었다.

 이름 모를 전사에게 말했다.

 "비켜라."

 전사는 처음엔 인상을 찌푸리더니 곧 어깨를 으쓱이며 뒤로 물러났다.

 그를 지나쳐 아크 기가스 앞으로 걸어갔다.

망치는 이제 한 번 정도밖에 사용할 수 없다.

"충분해."

푸른 기운이 망치를 휘감았다.

전사는 언제 검을 집어넣었는지 팔짱을 끼고 있었다.

알 수 없는 자다. 망치를 휘두르는 순간을 노리고 공격할지도 모른다. 워낙 믿을 만한 사람이 없는 세상이다 보니 별의별 의심이 다 들었다.

밑져야 본전이니 일단 그와 나 사이에 투명 막을 설치했다.

전사가 불만스러운 목소리로 말했다.

"뭐 하는 거지?"

"안전해서 나쁠 건 없으니까."

"내가 그쪽 뒤통수라도 칠 거란 말이야?"

"아니라면 사과하지. 아니라면."

뒷말에 힘을 주었다.

뒤에서 '별 거지 같은 일을 다 당하네.'라는 말이 들려왔지만 무시했다.

중요한 건 아크 기가스의 완전한 죽음이다.

'아크 기간테스'가 판데리아를 침공하기 전까지 그 수를 최대한 줄여 놔야 한다.

푸른 기운을 망치 안으로 완전히 흡수시켰다.

망치가 덜그럭거렸다. 이래 봬도 대신을 굴복시킨 뒤 빼

앗은 무기인데 꼴이 너무 처참했다.

'그래도 수고해 줬어.'

망치를 들어 올렸다.

뒤에서 구시렁거리던 소리가 멈췄다.

땅을 박차고 아크 기가스에게 뛰었다. 망치를 양손으로 쥐고 있는 힘껏 휘둘렀다.

"끝이다!"

푸른 기운이 밤을 집어삼키듯 밝은 빛을 뿜어냈다.

전사를 막고 있던 투명 막이 깨지기 일보 직전이었다.

망치가 아크 기가스의 머리를 때렸다.

콱!

거대한 머리를 감싼 외피가 부서지며 망치가 안으로 파고든다.

키에에에엑!

웅크린 몸을 펴며 아크 기가스가 비명을 질렀다.

수백 미터가 넘어가는 탓에 살짝 움직이는 것만으로도 자연재해 수준이었다.

나는 힐끔 뒤를 쳐다봤다. 의문의 전사는 빠르게 거리를 넓히고 있었다.

옳은 판단이었다. 이제 곧 이 거대한 몸집이 터질 테니까.

"그만 죽어라."

아크 기가스의 몸을 타고 불규칙한 시퍼런 선이 퍼져 나간다.

나는 몸을 돌리고 그곳을 빠져나왔다.

대충 수십 킬로미터 정도 이동하자 먼 곳에서 밝은 빛이 조명등처럼 주변을 밝힌다.

쿠와아앙!

그리고 폭발했다.

수십 킬로미터를 이동했음에도 뜨거운 열기와 악취가 풍겨 왔다.

저 녀석을 잡기 위해 이번에도 수많은 희생이 있었다. 남은 건 나 하나뿐.

죽어 간 모든 이들에게 짧게 묵념했다.

금방 또 다른 군대를 꾸려야 한다.

내가 다시 '알텍스'로 이동하려 할 때였다.

"잠깐."

언제 쫓아왔는지 의문의 전사가 나를 불렀다.

* * *

김성현은 솔직히 멀덴의 모습을 보고 전율했다.

자신과는 비교조차 할 수 없는 강대한 힘. 그런 걸 아무렇지도 않게 휘두른다. 저 정도면 앙그라 마이뉴의 본체도 어렵지 않게 때려잡을 것 같았다.

"그럼 저 괴물은 대체 뭐야?"

어지간한 마왕보단 훨씬 강한 게 분명하다. 완전체의 앙그라 마이뉴도 괴수의 상대는 아니었다.

신을 제외하곤 마왕보다 강대한 존재에 대해선 들어 본 적 없었다. 굳이 찾아보자면 관리자들 정도가 끝이다.

"설마 신화시대의 얘기인 건가? 그렇지만 멀덴은……."

자신이 알기로 멀덴은 아셀라우시스가 성자 코스프레를 하던 시대보다 몇십 년 후의 인물이었다.

"그냥 물어보자."

년도가 '???'로 표시되는 이상 현재가 어느 시댄지 알 수 있는 방법은 직접 물어보는 것뿐이다.

막 힘을 쓴 상태라 흔적은 고스란히 남아 있어 찾는 건 쉬웠다.

김성현은 바로 멀덴이 있는 곳으로 이동했다.

멀덴은 특이한 문자를 형상화시켜 허공에 문을 만들고 있었다.

"잠깐."

만들어지던 문이 허공으로 증발했다.

멀덴은 얼굴을 비스듬히 하고 자신을 쳐다봤다.

"뭐지?"

목소리에 귀찮음이 뚝뚝 묻어나 있다.

김성현은 살짝 인상을 찌푸렸지만 아쉬운 건 자신이므로 억지웃음을 지었다.

"하하! 물어보고 싶은 게 있어서."

"억지로 웃지 마라."

보기보다 쌀쌀맞은 성격이다.

멀덴이 가만히 지켜보다가 입을 열었다.

"나도 한 가지 물어보지."

"나한테?"

"그래."

"그럼 내 질문부터 대답하고."

"좋다. 네가 먼저 물어보겠다고 했으니 허락한다."

'허락?'

순간적으로 울컥해서 생각이 입 밖으로 튀어 나갈 뻔했다. 성격대로 움직였으면 이미 한바탕 벌어졌을 것이다.

김성현은 분을 삭인 후 궁금한 걸 물었다.

"그래, 좋아. 뭐, 그럴 수 있지. 내가 묻고 싶은 건 몇 가지가 있긴 한데, 그중에서 하나 꼽자면……."

"서론이 길다."

그건 인정한다. 그래서 바로 질문으로 들어갔다.

"여긴 어디고, 무슨 시대지?"

"그게 무슨 질문이지? 네가 있는 이곳이 어디냐고 묻고 있는 건가? 기억상실자?"

"질문에 답이나 해."

"그게 궁금하다면 말해 줄 수 있지. 이곳은 요툰, 멸망의 시대이다."

"…요툰? 멸망?"

멸망은 그렇다고 쳐도 요툰이란 지명은 처음 듣는다.

"이번엔 내가 묻지."

"응?"

"넌 누구냐. 피곤하기도 하고 약하기도 해서 관심을 끄고 있었다만, 요툰은 너 같은 허약한 인간이 올 곳이 못 돼."

"내가… 약하다고?"

"그렇다."

살면서 약하다는 얘긴 처음 들어 봤다. 또 한 번 울컥했지만 강한 인내심을 발휘하여 참아 냈다.

'그래, 멀덴 입장에선 약할 수도 있지. 그럴 수 있고말고. 어차피 나중 가면 내가 저 새끼보다 강해.'

자못 유치할 수도 있는 생각이었지만 이렇게라도 자기 합리화를 하지 않으면 폭발할 것 같았다.

김성현은 손바닥으로 가슴을 쓸어내리고 자신의 소개를

했다.

"난 김성현이다. 음… 정신을 차리니 이곳이었다."

"어쩐지. 그렇게까지 쓸 사람이 없는 것인가. 제한 수도 있는데 이렇게 막 데려오다니……."

"아까부터 무슨 소릴 하는 건데? 들어 보니까 내가 못 올 곳이라도 온 것 같다만?"

"당연하다. 이곳은 '신화'에 도전했던 인간만이 올 수 있는 세계. 이곳의 모든 존재는 최소 대신급 이상의 신격을 취득한 자들뿐이다."

뜬금없이 스케일이 커져서 머리가 멍해졌다.

'대신이 여기서 왜 나와?'

지금까지 만나 본 대신이라곤 자연의 신 카락스뿐이었다. 그조차도 직접 만나 본 건 아니었고, 자신을 사도화시켰을 때 대화해 본 게 끝이었다.

그런데 이곳의 모든 인간이 대신급 존재들이라고?

"…네가 부리던 병사들은?"

"그들은 이곳에서 만들어진 인류다. 본질적으로 나와는 다른 자들이지."

"그게 뭔……."

"하지만 그대는 많이 쳐줘도 2급 신 중간 정도. 그 정도 신격으로 이곳에서 생존하는 건 무리다. 기간테스 군단을 감당할 수 없다."

"잠깐! 잠깐! 그 말은 지금 대신들이 이곳에 많다, 그런 말?"

"그들은 나를 포함해 모두 신이 아니다. 쉽게 말해 신격은 얻었지만 신은 되지 않았다고 보면 편하겠군."

"허허!"

허탈한 웃음이 나왔다.

그럼 방금 죽인 거대한 괴수도 대신급의 힘을 지녔다는 얘기다. 어쩐지 앙그라 마이뉴보다 덩치는 작지만 훨씬 강한 것 같더라니……

아무리 히든 에피소드라지만 이건 좀 아닌 것 같다.

이곳에서 자신은 쩌리 수준이었다. 굳이 따지자면 쩌리짱 정도?

'내가 쩌리짱이라니…….'

아니, 쩌리짱이 아닐 수도 있다.

낮에 봤던 일반 병사들이 휘두른 힘은 자신에게 밀리지 않았다. 간발의 차로 자신이 조금 앞서는 정도.

이곳에서 만들어진 인류에게조차 밀릴 위기라니, 끔찍한 생각이 머릿속에 가득 찼다.

"이봐!"

"아, 어?"

"무슨 생각을 하기에 사람이 불러도 대답을 안 하지?"

"아니다……."

말하는 와중에도 김성현의 눈은 풀려 있었다.

멀덴은 인상을 찌푸리며 그의 어깨에 손을 올렸다.

김성현은 어깨를 타고 파고드는 기이한 기운에 바로 마력을 일으켰다.

그러나 미지의 힘이 마력을 억누르고 전신을 지배했다.

김성현이 눈을 부릅뜨고 멀덴을 쳐다봤다.

"걱정 마라."

멀덴의 빈손이 김성현의 심장 위로 올라왔다.

기운이 심장 안에 위치한 드래곤 하트와 현자의 돌을 집어삼켰다. 그리고 마력이 흐르는 혈관을 타고 퍼졌다.

김성현은 크게 긴장했으나 곧 몸이 편안해지는 걸 느끼고 눈을 크게 떴다.

"난 적의 없는 상대에게 몹쓸 짓 하는 부류가 아니다."

하긴 멀덴은 영웅 중에서도 보기 드문 호인(好人)이었다.

김성현은 차분하게 그에게 몸을 맡겼다.

심신의 불안함이 사라지고, 방금 전까지 받았던 스트레스가 싹 사라진다.

멀덴이 손을 떼자 몸에서 활기가 돌았다.

김성현은 소름이 끼쳤다. 활기도 활기지만, 만약 그가 자신을 죽일 생각이었다면 방금 진짜로 죽었다.

"흥! 이만 돌아가라."

멀덴이 볼일 없다는 듯 몸을 돌렸다.

하지만 멀덴을 그냥 보낼 수는 없다. 이번 에피소드의 클리어 조건은 그를 돕는 것이다.

"잠깐!"

"또 뭐야?"

"돕게 해 줘."

"뭘 돕는다는 거지?"

"그 괴수들을 처치하는 데 골머리 썩는 거잖아. 그렇지?"

"기가스다."

"그래, 기가스. 맞잖아?"

"말했듯이 너 정도는 이곳에서 금방 죽고 만다. 지상과 이곳은 차원이 달라. 무엇보다……."

멀덴이 뭔가를 말하려다가 입을 다물었다.

"이것까지 말할 필요는 없겠지. 더한 절망을 맛볼 뿐이니까."

그리 말하며 다시 문자를 형상화시키는 멀덴.

허공에 둥그런 문이 만들어지기 시작했다.

김성현은 가만히 지켜보다가 피식 웃었다.

"가라면 내가 진짜 가겠냐!"

"무슨!"

멀덴이 뒤에서 느껴지는 살기에 손을 뻗었다.

그 순간 김성현이 옆을 스치고 지나갔다. 공간 이동이었다.

멀덴의 손이 궤도를 틀어 김성현의 등을 향했다.

속도는 멀덴 쪽이 조금 앞섰다.

하지만,

'이 녀석…….'

공간의 지배권이 김성현에게 집중된다.

"먼저 들어간다."

멀덴조차 쉽게 쫓을 수 없는 속도로 김성현이 문으로 들어갔다.

멀덴은 허공에 뻗은 빈손을 보며 헛웃음을 삼켰다.

Chapter 4

레벨이 대수냐

온통 새하얀 벽으로 이루어진 공간.

곳곳에 신화 속에서나 등장할 법한 신들의 석상이 줄줄이 놓여 있다.

그 중앙엔 평범한 의자가 놓여 있었는데, 흰색 로브를 깊게 뒤집어쓴 사내가 앉아 있었다.

사내는 로브의 후드 사이로 손을 집어넣어 눈가를 매만졌다.

"골치 아프군."

그가 낮게 읊조렸다.

그때 흰 바닥에 둥그런 빛이 그려지더니 누군가 위로 솟아올랐다.

사내는 고개를 들어 대상을 확인했다. 밝은 갈색의 웨이브 펌을 한 미인이었다.

"무슨 일이지?"

"보고드릴 게 있습니다."

"요툰 건인가?"

"그렇습니다."

요툰. 현재 사내를 괴롭히고 있는 단어였다.

사내의 얼굴은 보이지 않았지만 분명 짜증 나 있는 상태였다.

여인은 조심스럽게 앞으로 다가가 데이터로 된 종이를 넘겼다.

종이에 적힌 내용을 읽은 사내가 한숨을 흘렸다.

"하아……. 왜 하필!"

"어떻게 하실 생각이십니까?"

"딱히 선택지가 있는 것도 아니고, '말살 부대' 전원을 움직일 수밖에……."

"괜찮… 겠습니까?"

여인이 걱정스러운 어투로 물었다. 사내는 대답할 수 없었다.

그는 '라그나로크', 혹은 '기간토마키아'라고 불리는 조직의 보스였다.

그리고 말살 부대는 사내가 길러 낸 최고의 조직원들로 구성되어 있었다.

어디로 파견을 보내도 그들은 200퍼센트 이상의 결과물을 내놓았고, 개인의 강함도 게임 내에서 적수를 찾기 어려웠다.

특이 케이스를 제외하고는.

특히 말살 부대의 대장 웰턴은 사내조차 인정할 정도로 막강했다.

그럼에도 전혀 괜찮지 않았다.

말살 부대를 모두 보내도 생존 가능성이 절반도 안 되는 곳이 바로 요툰이었다.

비단 그들뿐만이 아니었다. 사내 자신도 마찬가지였다. 요툰을 여러 번 겪었기에 누구보다 잘 알고 있었다.

기간테스와 또 다른 종족, 우트가르트의 거인들, 마지막으로 대신급, 혹은 그보다 더 강한 힘을 지닌 인간들까지.

그들의 말도 안 되는 강함은 말살 부대만으로는 턱없이 부족하다.

"목적은 단 하나다! 김성현의 암살!"

"그가 이미 알텍스로 들어갔다면 어찌할까요?"

"어쩔 수 없어. 피해를 감수하더라도 놈을 죽여야 한다.

히든 퀘스트를 클리어하게 둬선 안 돼……!"

"알겠습니다!"

여인은 고개를 숙이고 다시 밑으로 내려갔다.

사내는 다리를 꼬며 중얼거렸다.

"절대로 안 돼. 절대로……."

현재 김성현의 힘으로 히든 퀘스트를 클리어할 가능성은 희박하다.

하지만 그가 만에 하나 정말로 클리어한다면…….

사내가 마른침을 삼켰다.

'끔찍한 일이 벌어지고 말 거다. 퀘스트 월드 종속 자체가 위태로워져.'

요툰은 계속 유지되어야만 한다. 절대로.

＊　＊　＊

알텍스, 대신급의 신격을 가진 인간들이 모여 만든 도시.

…여야 하는데…….

"도시 맞지?"

황폐하다. 방금 있던 곳과 큰 차이가 없어 보였다.

뒤이어 문을 넘어온 멀덴이 말했다.

"네가 생각하는 일반적인 도시와 다르다. 여기까지 들어

온 이상 나가는 건 어렵겠군. 따라와라."

멀덴이 앞으로 몸을 날렸다.

김성현은 고개를 갸웃거렸지만 이내 그의 뒤를 쫓았다.

약간의 시간이 흐르자 건물이 한 채 두 채 보이기 시작했다.

건물의 형태는 통상적으로 알고 있는 모습이 아니었다. 어떤 건 사방으로 가시가 솟아 있었고, 어떤 건 둥근 에메랄드빛 물방울 형태였다.

동화 속에 들어온 듯한 착각이 들었다.

김성현은 멀덴의 속도에 맞춰 걸음을 옮겼다.

"이곳이 알텍스다."

"그렇군."

김성현이 신기한 눈으로 건물들을 둘러봤다.

보통 도시에는 당시 유행하는 건축 양식에 맞춰 건물이 지어진다. 때문에 대부분 비슷한 형태를 띤다.

그러나 이곳의 건물들은 알록달록한 것이 개성 있는 디자인을 하고 있었다.

대신급 이상의 신격을 가진 이들이 사는 곳이라고 믿기 어려웠다.

"아니, 디자인이 왜 이렇게 유치해?"

그렇다. 건물 디자인이 모두 유치하다.

신격을 취득한 자들이라면 어느 정도 위엄 있는 곳에 살아야 하지 않겠나?

 웅장까진 바라지 않았지만, 이곳은…….

'피레가 살기에 적당한 것 같은데?'

 귀여운 요정들에게 어울려 보였다.

 멀덴이 피식 웃으며 말했다.

"이곳에 들어온 이상 적응해라. 건물 홍보는 소리는 자제하고. 그러다 목 떨어진다."

"목이 왜 떨어져?"

"알텍스를 설계한 양반이 워낙 사납거든. 헛소리는 이만하고 따라와라."

 멀덴이 손짓하며 골목 안으로 들어갔다. 김성현은 못마땅한 얼굴로 그를 따라갔다.

 골목은 당연하지만 어두컴컴했다. 냄새는 어찌나 퀴퀴한지 역했다.

 5분 정도 걸었을까? 왼쪽으로 꺾이는 골목에서 빛이 새어 들어오고 있었다.

"단순히 볕이 비치는 게 아닌데?"

 볕이라기엔 너무 밝고 강렬하다.

 멀덴이 슬쩍 고개를 돌려 말했다.

"문이다."

"문?"

"지금부터 우리가 만나러 갈 자가 살고 있는 곳으로 이어진 문."

"누굴 만나는데 이런 좁고 냄새나는 골목길을 지나는 거야?"

"보면 안다. 아주 음침한 녀석이지. 그것도 그냥 음침한 수준이 아니라……."

"아니라?"

"됐다. 직접 보면 알 거다. 조용하고 따라와."

멀덴이 빛 속으로 들어가고, 김성현이 속으로 구시렁거리며 따라 들어갔다.

빛 속은 끝을 모를 정도로 긴 터널이었다.

성인 남성 한 명이 딱 지나갈 수 있는 크기였는데, 꽤나 답답했다.

"근데 멀덴은 어딜 간 거야?"

바로 앞에서 걷던 멀덴이 거짓말처럼 사라졌다.

어딘가에 숨어 있는 게 아닌가 싶어 주변을 둘러봤지만 이렇게 좁은 곳에 숨을 곳 따윈 없었다.

설마 앞서 나간 것인가?

'그 짧은 순간에?'

아무리 빠르다고 해도 이건 아니다.

김성현은 인상을 쓰며 땅을 박찼다.

좁은 터널 덕에 아주 빠르게 이동하거나 공간 이동을 쓰기가 어려웠다.

무엇보다 터널이 굉장히 구불구불하다.

그렇게 한참을 달리다 제자리에 멈춰 섰다. 그는 뒤쪽으로 몸을 돌렸다 다시 앞을 쳐다봤다.

"뭐냐, 이 기시감은?"

일전에 한 번 경험한 것 같은 기분이 들었다.

김성현이 한참을 생각하다 손가락을 튕겼다.

때는 바야흐로 에피소드 2를 진행하던 시절이었다.

이제는 얼굴도 잘 생각나지 않는 데미안과 격전을 벌였던 그 초원. 그곳으로 가기 전 지나야 했던 끝없이 반복되던 지하 통로.

이 터널은 그 지하 통로와 느낌이 아주 흡사했다.

"이곳도 계속 반복되고 있어."

다른 사람은 몰라도 자신을 속일 수는 없다.

"그때 어떻게 탈출했더라?"

한참 헤맸던 것으로 기억한다.

김성현은 기억을 더듬으며 바닥에 손을 짚었다.

그때 분명 빛이 흘러나오는 틈이 있었고, 그곳을······.

"부쉈지, 참······."

정상적인 방법으로 탈출하지 않았다. 아쉽게도 이 기억은 쓸모가 없다.

김성현은 미간을 찌푸리며 중얼거렸다.

"이곳도 확 부숴?"

김성현은 한 치의 고민도 없이 듀란달을 뽑았다.

어차피 탈출 방법을 못 찾을 거라면 부수는 게 가장 효율적이다.

바닥에 검을 꽂아 넣었다. 단단하진 않은지 쉽게 박혔다.

이 정도 경도라면 어렵지 않게 터널을 붕괴시킬 수 있을 것이다.

천장이 무너져 내려도 생존할 자신이 있었다. 그래도 혹시 모르니 힘 조절을 했다.

"전격으로만."

푸른 뇌기가 칼날을 타고 바닥으로 파고든다.

김성현은 천천히 심호흡을 하며 전격을 검끝에 집중시켰다. 그리고 분출했다.

꾸르릉!

땅 밑에서 퍼진 번개가 먹먹하게 들려왔다.

터널이 지진이라도 난 것처럼 크게 흔들렸다.

김성현은 주위에 보호막을 두르고, 마력으로 보호막 벽을 강화했다.

"터져라!"

맥시멈 수준까지 전격을 일으켰다.

터널은 이미 쩍쩍 갈라진 균열 사이로 번개를 내뿜고 있었다.

쿠구궁!

벽이 무너져 내린다. 보호막을 타고 커다란 돌덩이들이 떨어졌다.

김성현이 아랫입술을 깨물고 바닥에 꽂은 듀란달을 뽑았다.

환한 번갯빛이 터널 안을 가득 채운다. 터널이 번개의 거대한 에너지를 견디지 못하고 붕괴했다.

시야를 가린 빛을 뚫고 앞으로 빠르게 전진했다. 그리고 빛이 완전히 사라졌을 때 김성현은 웃을 수 있…….

"어라?"

김성현은 두 눈을 껌뻑거리며 손으로 문질렀다.

허탈한 웃음과 함께 어이없음이 묻은 목소리가 튀어나왔다.

"염병할."

번개로 완전히 무너진 터널이 거짓말처럼 원상 복구되었다.

말로 형용하기 어려울 정도로 허탈했다.

눈으로 보고 있지만 쉽게 믿을 수 없어 한 번 더 똑같이 반복했다.

결과는 달라지지 않았다. 터널은 원상태로 돌아와 있다.

김성현은 이마를 짚고 쪼그려 앉았다.

전과 같은 방법으로는 영원히 반복되는 이 터널을 탈출할 수 없다.

"젠장! 어떻게 해야 해?"

이런 유의 함정은 솔직히 탈출할 자신이 없었다. 그때도 괜히 박살 내서 탈출한 게 아니었다.

김성현은 자리에서 일어나 다시 걸었다. 앉아 있어 봐야 해결되는 건 없다.

다 똑같이 생긴 벽이지만 분명 어딘가 다른 점이 있을 것이다.

검으로 구불거리는 곳마다 표시도 해 놓았다.

이 터널의 정체가 뭔진 모르겠지만 어떻게든 탈출하고 말 것이다.

✳ ✳ ✳

"과한 것 아닌가?"

멀덴은 커다란 수정구에 비치는 김성현을 보며 말했다.

옆에 있는 올백 머리의 사내는 대답하지 않고 수정구만 쳐다봤다.

그가 무슨 생각을 하고 있는진 모르겠지만 괜히 불안했다.

사내, 버켄은 지독할 정도로 어둡고, 냉정하고, 잔혹한 자였으니까.

김성현에게 무슨 짓을 할지 도저히 예측할 수 없다.

'그렇다고 내가 나설 수도 없고……'

버켄 역시 멀덴 못지않은 힘을 가진 강자였다. 승리조차 장담할 수 없는 상대를 제압한다는 건 어불성설이다. 지켜보는 것 말고 선택지가 없다.

"크흠……"

열심히 터널 안에서 뭔가를 하고 있는 김성현.

저런 방식으로 터널을 탈출하는 건 불가능하다.

이건 일종의 버켄이 그에게 내리는 시험이자 시련.

멀덴 역시 그에게 시험을 받은 적이 있었다.

그땐 저런 터널이 아니라 아무것도 없는 흰 공간이었다. 탈출하는 데 반나절 정도 걸린 것으로 기억한다.

'숨어 있는 탈출구를 찾는 것이었지.'

그것도 탈출구가 하나가 아니라 수백 개였다.

잘못된 탈출구로 들어가면 모든 탈출구의 위치가 랜덤으로 재배치된다. 그러면 다시 진짜 탈출구를 찾아야 하는 방식이었다.

정말 어마어마하게 어려웠다. 반나절 만에 클리어한 건

어찌 보면 운이나 다름없었다. 혹은 버켄이 봐주었거나.

"저건 탈출법이 뭐지?"

멀덴이 물었으나 역시나 산송장처럼 조용했다.

버켄의 성격을 알고 있어 화가 나진 않았지만 그것과 별개로 답답했다.

김성현은 같은 길을 분주하게 움직이며 돌아다니고 있다. 그 모습이 매우 의미 없게 느껴졌다.

✳ ✳ ✳

터널엔 낮과 밤이 없었다.

얼마나 시간이 흘렀는지 궁금했다. 그러나 이곳에선 시간을 알 방법이 없었다.

김성현은 초췌한 얼굴로 누워 있었다.

탈출법을 도저히 모르겠다. 별의별 짓을 다 해 봤지만 아무것도 통하지 않는다.

에어리어 룰러로 공간도 지배해 봤고, 공간 이동으로 터널 바깥으로 이동 시도도 해 봤다. 당연히 다 실패했다.

힘으로 부수는 것도 안 되고, 잔꾀를 써도 안 된다.

마력으로 곳곳을 들쑤셔 봤지만 터널은 평범하기 짝이 없었다.

"빌어먹을……."

이젠 될 대로 되라는 심정이었다.

모든 걸 포기하고 눈을 감았다. 꿈이라면 깰 것이고, 아니라면 어떻게든 될 거다. 아마도…….

'잠이나 자자.'

그 순간 몸이 밑으로 빨려 들어가는 착각이 들어 급히 눈을 떴다.

잠깐 사이에 꿈이라도 꾼 걸까?

"으아아!"

착각이 아니다!

바닥이 늪처럼 변해 김성현을 집어삼키기 시작했다!

마력을 일으켜 비행하려 했지만 늪은 그를 놔주지 않았다.

"자, 잠까… 꾸르르륵……."

바닥 밑으로 완전히 빨려 들어간 김성현.

그가 멍한 눈으로 앞에 서 있는 멀덴을 쳐다봤다.

멀덴이 씩 웃으며 손을 내밀었다.

"축하한다."

"뭐야……?"

멀덴의 손을 잡고 일어난 김성현이 묻자,

"약한 주제에 진정으로 포기할 줄 알다니. 아, 약하기 때문인가?"

뒤에서 음침한 목소리가 들려왔다.

그곳엔 버켄이 눈 밑 음영을 길게 늘어트린 채 앉아 있었다.

※ ※ ※

김성현은 눈을 가늘게 뜨고 멀덴과 버켄을 번갈아 봤다.

"이게 지금 무슨 상황이야?"

"보는 대로."

"그러니까 날 가지고 장난쳤다는 건가?"

"시험이지."

김성현이 아무렇지 않게 말하는 버켄을 노려봤다.

검은색 올백 머리에 죽은 붕어 눈깔을 하고 있는 얼굴이 굉장히 기분 나쁘다.

"넌 누구냐?"

"언제부터 약자가 강자의 이름을 물어볼 수 있던 거지?"

"이봐, 적당히 해."

버켄이 얼굴만큼이나 꺼림칙한 기운을 일으키자 멀덴이 그를 말렸다.

김성현은 자리에서 일어나 듀란달에 손을 올렸다.

"너도 그만해라."

멀덴이 고개를 저었다. 그러곤 소리를 내지 않고 입술만

달싹였다.

김성현은 입 모양만 보고 그가 자신에게 하는 말을 알아들었다.

'그러다 진짜 죽는다.'

"진짜 날 너무 X밥으로 보는 거 아니야?"

덕분에 자존심이 더 상했다.

듀란달이 반쯤 뽑혔다.

멀덴은 얼굴을 반쯤 가렸다.

무기를 반 이상 뽑았다는 건 상대를 적대하겠다는 의미다.

버켄을 쳐다봤다. 그는 뭐가 그리 재밌는지 징그럽게 웃고 있었다.

그가 말했다.

"교육시키는 것도 나쁘진 않겠지."

"지랄은."

눈으로 좇기 어려운 속도로 발검된 듀란달이 버켄의 목을 향했다.

그리고,

'어?'

김성현은 두 눈을 크게 뜬 채 주변을 둘러봤다.

세상이 온통 어둠으로 뒤덮였다. 어둠은 끈적거리는 체액처럼 온몸에 들러붙었다.

번개를 일으켜 어둠을 몰아내려고 했지만 그럴수록 어둠은 점점 단단해져 갔다.

"크윽!"

이윽고 손가락조차 까딱일 수 없을 정도로 어둠이 전신을 칭칭 감았다.

김성현은 낮게 신음하며 빠져나오려 했지만 불가능했다.

어둠 속에서 버켄의 목소리가 들려왔다.

[내 이름은 버켄 어나더. 잘 기억하고 있어라, 약자.]

"쿨럭!"

전신을 옥죄던 어둠이 사라지며 세상이 밝아졌다.

김성현은 크게 기침하며 무릎을 꿇었다. 그 앞엔 버켄이 아까와 같은 자세로 내려다보고 있었다.

김성현은 붉게 충혈된 눈으로 입에 흐르는 침을 닦았다.

"너……."

"드센 건 마음에 드는군."

"이쯤 해라."

"명령하지 마라."

멀덴의 말에 버켄이 대놓고 불쾌한 기색을 드러냈다. 그는 가볍게 어깨를 으쓱이곤 문을 열었다.

"그만 나가지."

"이곳의 주인은 나다, 멀덴."

버켄이 의자에서 일어났다.

앉아 있을 땐 몰랐는데 일어서니 키가 천장에 닿을 정도로 거대했다. 인간치고 큰 신장을 가진 김성현보다 머리가 두 개는 컸다.

김성현은 듀란달을 붙잡고 힘겹게 일어났다. 딱히 뭘 하지도 않았는데 진이 다 빠졌다.

문밖으로 향하던 버켄이 김성현에게 경고하듯 말했다.

"이곳에선 내가 법이다. 허튼 생각 하면 죽는다."

버켄이 나가고 김성현이 다시 바닥에 주저앉았다. 멀덴은 이해한다는 듯 전처럼 그에게 힘을 나눠 주었다.

"고맙다."

"아까 말했다시피 음침한 녀석이다. 성격도 별로 안 좋고."

"별로 수준이 아닌데?"

"그러니까 가라고 할 때 그냥 가지 그랬나? 버켄의 압박조차 감당하지 못하는 몸으로 대체 뭘 돕겠다는 건지, 원."

"압박?"

"그래. 어둠이 네 몸을 꿈쩍도 못하게 둘러쌌지? 손가락조차 까딱하지 못할 정도로?"

자신이 겪었던 현상을 정확하게 짚자 절로 고개가 끄덕여졌다.

"그게 버켄의 본질이다. 내가 버켄에 대해 하려다 만 말,

기억하나?"

"기억한다."

"바로 이것이다. 그는 어둠 그 자체. 오래전, 버켄은 천계의 대신 중 하나이자 어둠과 죽음을 관장하는 플루토를 살해한 신살자(神殺者)다. 그런 그가 너에게 살기를 뿌려 말그대로 압박한 거다."

"……."

방금 그것이 대신을 죽일 정도로 강력한 인간의 압박이란 사실에 할 말을 잃었다.

그들이 대신 격 수준의 강함을 지녔다는 건 이미 알고 있었다.

다만 이 정도로 엄청난 차이일 거라곤 생각하지 못했다.

언젠간 그들조차 추월하겠지만 지금으로선 너무 멀게 느껴졌다.

"크크큭!"

김성현이 낮게 웃음을 터트렸다.

멀덴이 한쪽 눈을 찡그렸다.

"왜 웃지?"

"신나서."

"신날 부분이 있나?"

"그냥. 너희라는 존재들이 있다는 걸 알아서 정말 다행이야."

 천계와 마계가 끝이 아니다. 퀘스트 월드는 넓고, 대신조차 뛰어넘는 존재들이 있다.

 넘을 산이 많다는 사실이 너무 즐거웠다. 김성현은 계속 낄낄거리며 비틀비틀 일어났다.

 인정할 건 인정해야 한다. 이곳에서 자신은 완벽한 약자 포지션이다. 전투에 나서면 그들의 발목을 붙잡을지도 모른다.

"그래도 반드시 해낸다."
"혼자서 뭐라고 하는 거야?"
"혼잣말이니까 신경 꺼."

 김성현은 멀덴의 팔을 툭 치고 문밖으로 나갔다. 홀로 남은 멀덴은 고개를 갸웃거릴 뿐이었다.

※ ※ ※

 버켄의 집은 모든 게 다 어두웠다.

 그렇다고 색이 단조롭냐면 그것도 아니었다. 단순히 밝은 색상으로 써도 되는 물품을 모두 어두운 색상으로 구비해 두었을 뿐이다. 칙칙함 그 자체였다.

 김성현은 우울한 느낌의 거실을 보며 차를 끓이는 버켄

에게 물었다.

"너 변태냐?"

"아직도 정신을 못 차렸군."

김성현은 움찔하긴 했지만 태도를 굽히진 않았다.

"네가 뭔 짓을 해도 기진 않아."

"흥! 마음에 들지 않지만, 마음에 드는군."

"그게 무슨 개소리야?"

"시끄럽다."

"앉지."

뒤따라 나온 멀덴이 빈자리에 앉으며 권했다. 너무 자연스러워서 집주인인 줄 알았다.

김성현은 왠지 찝찝했지만 자리에 앉고는 주변을 슬쩍슬쩍 살펴봤다.

곧 버켄이 직접 탄 차 세 잔을 탁자에 올려놓았다.

김성현은 조금 꺼림칙하긴 했지만 차를 한 모금 마셨다.

"오?"

"역시 차 하나는 정말 잘 타는군."

멀덴이 기분 좋은 표정으로 차를 홀짝였다.

버켄은 칭찬에도 아랑곳 않고 차를 음미했다. 별로인 첫인상과는 달리 지금 모습은 꽤 의외였다.

버켄이 시선도 주지 않고 김성현에게 물었다.

"뭘 자꾸 보지?"

"그, 그냥……."

민망함에 차를 들이켜는 김성현.

"으앗! 뜨!"

혀를 데이고 말았다. 끓인 지 몇 분 안 지났다는 걸 잊고 있었다.

김성현은 소매로 혀를 문지르며 눈물을 글썽였다. 버켄은 한심하단 얼굴로 고개를 저었다.

"넌 굉장히 한심하군."

"남이사."

"흥! 멀덴, 이 녀석을 나에게 데려온 이유가 뭐지?"

"좋은 질문이다."

멀덴은 찻잔을 내려놓고 빙긋 웃었다. 차를 마시며 어느 정도 피로가 풀렸는지 얼굴이 조금 밝아졌다.

김성현은 그의 말에 귀를 기울였다. 그도 자신을 왜 이곳에 데려왔는지 알지 못했다.

"내가 이자를 너에게 데려온 이유는 간단하다. 요튠에서 버틸 수 있는 수준으로 만들어 줬음 싶어서다."

"흠……."

"그게 무슨 소리야?"

말뜻을 이해한 버켄과는 달리 김성현이 따지듯 물었다.

멀덴은 무표정한 얼굴로 차갑게 대꾸했다.

"네가 약하다는 말이다. 잘못된 게 있나?"

"아니, 그걸 왜 그쪽이 마음대로 정하냐고!"

"돕겠다며? 고작 그 정도 힘으로?"

"윽!"

말의 비수가 날아와 심장에 박혔다.

반박할 수가 없다. 그래서 더 짜증 났다.

김성현은 미간을 찌푸리며 버켄을 쳐다봤다. 그는 턱을 괸 채 깊은 생각에 잠겨 있었다.

설마 멀덴의 제안을 진지하게 고민하고 있는 건가?

"내가 무슨 물건도 아니고……."

여기서 약할 뿐이지 직전 에피소드에서 마왕도 죽였던 자신이다. 김성현은 억울하고 답답했지만 그들에게 항변할 수 없었다.

잠시 후 고민을 끝낸 버켄이 고개를 끄덕였다.

"좋다. 재밌겠군."

"아니, 그쪽이 뭔데 나를!"

"너에게 거부권은 없다. 거부하고 싶으면 나보다 강해져라."

"그럼 한 달 후에 찾아오지."

"알겠다."

멀덴이 신기루처럼 허공에서 흩어졌다. 버켄이 그를 내

보낸 것이다.

덩그러니 남게 된 김성현은 허망한 표정을 짓고 있었다.

"지체할 시간이 없다. 따라와라."

버켄은 모든 찻잔을 치워 버리고 자리에서 일어났다.

"어디로 가려고? 이 좁은 집에서……."

"흥! 그러니까 네가 약자인 거다. 공간에 얽매여 있는 수준이라니, 한 달로는 한참이나 부족하겠군."

"뭐?"

"잘 봐라."

버켄이 양손을 펼쳤다.

김성현은 두 눈을 믿을 수 없었다.

차를 마시던 거실은 어디 가고 난데없이 광활한 우주가 펼쳐졌다.

처음엔 시각을 조작한 줄 알고 마력으로 눈을 덧씌웠지만,

"허!"

짧은 탄성이 튀어나왔다.

이곳은 진짜 우주였다. 셀 수 없을 정도로 수많은 별들이 박혀 있는 우주 말이다!

버켄은 감흥 없는 얼굴로 오른 검지를 구부렸다. 그러자 우주가 사라지며 다시 어두운 거실로 바뀌었다. 짧은 우주 여행이 끝난 것이다.

"공간에 구애받지 마라. 그건 스스로 한계를 정해 놓는 거니까."

"…그러지."

김성현은 영혼 없는 얼굴로 대답하며 방금 전 있었던 일을 계속해서 떠올렸다.

한순간 거실을 우주로 만들었다. 이건 분명 공간 계열의 힘이었다.

'내가 쓸 수 있는 공간 이동이나 에어리어 룰러와는 차원이 달라.'

우주로 공간 이동을 한 걸까? 그게 아니라면 우주를 이곳에 소환시킨 것인가?

뭐가 됐든 대박이라고밖에 표현할 수 없다.

김성현이 혼자만의 생각에 잠겨 있을 때였다. 버켄이 귀찮은 눈으로 손을 바깥으로 털었다.

"우왁!"

김성현의 몸뚱이가 허공으로 떠오르더니 추하게 바닥을 나뒹굴었다.

"무슨 짓이야!"

김성현이 버켄에게 성질을 냈다.

방심한 상태로 뒤통수부터 떨어졌더니 머리가 깨지는 줄 알았다.

버켄은 팔짱을 낀 채 경고했다.

"내 앞에서 딴생각하지 마라."

죽는다.

전신에 닭살이 오소소 돋으며 오싹함이 몰려왔다.

김성현은 입도 뻥끗하지 못하고 버켄을 쳐다봤다. 표정엔 아무런 변화가 없지만 기세가 바뀌었다.

"일어나라."

김성현은 무릎을 짚고 천천히 일어났다.

"옳지. 따라와라, 약자."

"칫!"

김성현은 혀를 차며 그의 뒤를 따라갔다.

한 달간의 지옥이 시작되었다.

* * *

요툰의 척박한 땅 위로 서른 정도 되는 인원이 빛과 함께 나타났다.

그들은 라그나로크, 혹은 기간토마키아라 불리는 조직의 정예, 말살 부대였다.

말살 부대의 대장, 웰턴은 심상치 않은 기류가 흐르는 땅을 보며 인상을 굳혔다.

"보스 말대로 아주 위험한 곳이로군."

퀘스트 월드의 지형 중에서 안 가 본 곳이 없다고 자부하는 그조차 요툰은 처음이었다. 심지어 이번 임무를 받으며 처음으로 그 존재를 알게 되었다.

"대장, 이것 좀 보십쇼."

드락사르라는 이름의 대원이 두 개의 나침반을 웰턴에게 보여 주었다.

퀘스트 월드에서 일반적으로 쓰이는 나침반과 처음 보는 나침반이었다.

그런데 일반적으로 쓰이는 나침반의 바늘이 방향을 못 잡고 미친 듯이 돌아가고 있다.

반면 처음 보는 나침반은 바늘이 정확히 방위를 잡고 있었다.

"이건 왜 그러지?"

"저도 모르겠습니다. 아마도 이곳 자기장을 견디지 못하는 게 아니겠습니까?"

"이 나침반이 요툰에서 쓰라고 준 나침반이지?"

"그렇습니다."

"대륙에서 쓰이는 나침반이 이곳에선 먹히지 않는다라……. 신기하군. 알았다. 그만 집어넣어라."

"예."

드락사르가 작동하지 않는 나침반을 인벤토리에 집어넣었다.

웰턴은 모두를 집중시킨 뒤 이번 임무에 대해 설명했다.

"우리는 특이 케이스이자 조직의 앞날에 방해가 될 김성현이란 플레이어를 죽이기 위해 이곳으로 왔다. 다들 알고 있나?"

말살 부대원들이 대답 대신 고개를 끄덕였다. 적이 매복해 있을 가능성 때문에 대답하지 않은 것이다.

웰턴이 만족스러운 얼굴로 다시 말을 이어 갔다.

"우리는 팀을 나눠 김성현의 위치를 수색할 것이다. 혹시나 요툰의 '원 종족들'과 마주친다면 지체하지 말고 도망쳐라. 도망칠 수 없는 상황이라면… 자결해라. 알겠나?"

이번에도 모두가 고개를 끄덕였다.

"자, 팀은 이곳으로 오기 전에 나눈 대로 간다. 모두 무운을 빌고, 반드시 김성현의 암살에 성공하도록."

말살 부대원들의 모습이 흐릿해지며 3명을 남기고 모두 사라졌다. 남은 이들은 웰턴과 같이 팀을 꾸리게 된 부대원들이었다.

웰턴이 그들에게 말했다.

"가자."

존재만으로 퀘스트 월드를 공포로 물들일 수 있는 전력이 김성현을 죽이기 위해 움직이기 시작했다.

※　※　※

 누군가 김성현에게 살면서 언제가 제일 힘들었냐고 묻는다면 그는 이렇게 대답할 것이다.
 가장 힘들었을 때는 악마들에게 가족과 동료들이 살해당했을 때고, 그다음 힘들었을 때는 바로 지금이라고.
"으아아아아아!"
 김성현은 우거진 밀림 속에서 무언가를 피해 미친 듯이 도망치고 있었다.
 쿵!
 뒤에서 몇 그루의 나무가 박살 나는 소리가 들렸다. 등골을 타고 땀 한 방울이 주륵 흘러내리는 게 느껴졌다.
'빌어먹을!'
 그는 무릎을 살짝 굽혀 나무 위로 뛰어올랐다. 그러곤 몸을 돌려 듀란달 대신 쇠파이프를 꽉 움켜쥐었다.
 쿵! 쿵!
 거대한 무언가가 밀림을 헤집으며 다가온다.
 김성현은 긴장한 얼굴로 소리가 들리는 방향을 주시했다. 놈과의 거리가 좁혀질수록 심장박동이 점점 빨라진다.

"개 같은 버켄!"

그는 보름 전 자신을 이곳에 던져 놓고 간 버켄을 떠올리며 울분을 터트렸다.

버켄은 듀란달을 비롯한 눈에 보이는 모든 물건을 빼앗아 갔다.

그뿐 아니라 모든 힘을 봉인시켰다.

현재 김성현에겐 일반 도검보다 살짝 짧은 쇠파이프와 타고난 신체의 힘밖에 없었다.

이럴 줄 알았으면 인벤토리에 예비용 도검 몇 자루는 가지고 다닐 걸 그랬다.

'다음부턴 꼭 그래야지.'

"온다!"

거대한 무언가가 모습을 드러냈다. 그건 굵고 단단한 털로 무장한 대형 멧돼지였다.

일반 멧돼지와 조금 다른 점이 있다면…

꾸웨에에엑!

말도 안 되는 초음파를 쏜다는 것 정도?

김성현은 전방의 공간 일그러짐을 보고 높이 뛰어올랐다. 발끝이 초음파의 영역에 살짝 닿았다.

"젠장!"

신발 끄트머리가 깎여 나갔다. 하지만 덕분에 기회가 생졌다.

멧돼지의 등 뒤로 착지한 김성현이 털을 붙잡고 머리 쪽으로 빠르게 이동했다.

꾸웩!

멧돼지가 몸을 흔들었지만 털을 붙잡은 손을 절대 놓지 않았다.

"이번에도 내가 이겨!"

어떻게든 균형을 잡아 뒤통수 근처까지 다가갔다.

쇠파이프를 머리통 위로 힘껏 휘둘렀다.

퍼억!

끼에에엑!

돼지 멱따는 소리가 들렸다. 멧돼지의 후두부가 징그러울 정도로 박살 났다.

김성현은 징그러운 광경에 아랑곳 않고 연신 쇠파이프를 휘둘렀다.

퍽! 퍽! 퍽!

쉬지 않고 팔을 놀렸다.

쇠파이프가 피로 적셔지고, 찢긴 살점이 덕지덕지 달라붙었지만 멈추지 않았다.

멧돼지가 괴롭게 울며 바닥에 엎어졌다.

"크악!"

10미터가 넘는 덩치가 넘어지다 보니 이번엔 김성현도 버티지 못하고 바닥을 나뒹굴었다.

정신 차릴 겨를도 없이 다시 멧돼지의 머리 쪽으로 달려갔으나,

"후우……."

멧돼지는 이미 숨을 거두고 난 후였다.

김성현은 지친 기색으로 나무에 기댔다.

해가 저물며 하늘이 서서히 붉어져 간다.

"오늘도 살아남았다."

매일 두 시간에 한 번, 지금의 힘으로 감당하기 어려운 몬스터들이 밀림에 나타난다.

놈들은 하나같이 거대했고, 특수한 힘을 가지고 있었다.

아무리 신체의 힘은 그대로라지만 쇠파이프 하나만으로는 너무 버거웠다.

특히 첫날은 갑자기 약해진 상태에 적응하지 못해 진짜 죽을 뻔했다.

다행히 자정부터 아침 8시까지는 몬스터가 등장하지 않고, 모든 상처와 피로가 회복되었기에 다음 날을 맞이할 수 있었다.

차라리 경험치라도 잘 줬으면 이렇게 힘들진 않았을 것이다.

지금 상태로 버겁다 뿐이지, 몬스터들은 그렇게 강한 편은 아니었다. 원래 힘이었다면 1초 컷도 여유 있을 것이다.

"고작 2레벨 업이라……. 그래도 레벨이 오르는 게 어디냐."

김성현은 자기 위안을 하며 드러누웠다.

그렇게 조금 쉬고 다시 일어나 멧돼지를 해체했다. 쇠파이프긴 하지만 집중하면 도검 수준까진 아니어도 살 정도는 가를 수 있었다.

"퍽퍽하냐."

도축 작업을 해 본 적이 없어 방식은 막무가내였다. 애초에 목적 자체가 맛보단 허기짐을 달래는 정도였다.

김성현은 대충 먹을 만한 부위를 떼어 내어 장작에 구웠다.

불은 둘째 날에 피워 놓은 걸 지금까지 유지하고 있었다. 밀림인 것치고 건조한 데다 바람도 안 분 덕분이었다.

고기는 비리고, 뻑뻑하고, 맛이 없었다. 아무리 허기를 달래는 용도라지만 이런 걸 먹어야 한다니.

그보다 이런 훈련을 왜 하는지 이해가 가지 않았다.

"에휴……."

현재 그가 맞서야 하는 상대는 기간테스라 불리는 미지의 거인들이다.

이런 훈련으로는 그들에게 맞선다는 건 불가능했다.

차라리 버켄에게 효율적으로 신성력을 다루는 법을 배

우는 게 훨씬 더 도움이 될 것이다.

앞으로 보름을 더 버텨야 한다.

버티는 건 괜찮다. 힘겹고 목숨이 위태롭긴 하지만 살아남을 자신이 있었다.

그러나 그 생각은 다음 날이 되는 순간 박살 나고 말았다.

"이런 씨발……."

몬스터들의 덩치가 더 커졌다. 그리고 두 시간에 한 번 나오던 것들이 한 시간으로 줄었다.

김성현은 피범벅이 되어 거대한 고릴라의 시체를 내려다봤다. 어제 마지막으로 상대한 멧돼지 따윈 우스워 보일 정도로 강하다.

위이이잉!

그때 몬스터 등장 사이렌 소리가 울리기 시작했다.

"벌써 한 시간이 지났다고?"

고릴라를 상대로 꽤 오랜 시간을 잡아먹긴 했지만 그게 한 시간일 줄은 몰랐다.

쉬지도 못하고 곧장 다음 몬스터를 상대해야 한다.

입 밖으로 욕이 안 나오려야 안 나올 수가 없는 상황.

곧 몬스터가 등장하는 거대한 보라색 포탈이 생성됐다.

김성현의 눈이 휘둥그레졌다.

"뭐가 저렇게 커!"

저 정도면 방금 전 쓰러트린 고릴라보다 5미터는 더 커 보였다.

"젠장!"

쇠파이프도 이제 한계다. 몇 번 휘두르면 이것도 부러질 것이다.

그럼 다음부턴 주먹을 휘둘러야 한다는 얘기인데…….

김성현은 그림자 진 얼굴로 포탈을 올려다봤다.

환한 빛이 뿜어져 나오며 세 쌍의 팔을 가진 외눈박이 거인이 모습을 드러냈다.

밀림 전체가 검은 그림자로 뒤덮인다.

외눈박이는 처음부터 자신의 위치를 알고 있었는지 각 손에 들고 있는 몽둥이를 휘둘렀다.

콰앙!

땅 전체가 흔들리며 뿌연 흙먼지가 피어올랐다.

김성현은 수풀 속으로 몸을 숨긴 채 거인의 시야가 닿지 않는 곳으로 이동했다.

'약점을 찾아야 한다.'

아무리 힘이 세도 덩치에서 너무 심하게 차이 난다. 효율적으로 이기기 위해선 놈의 아킬레스건을 찾아야 한다. 그럼 맨손으로도 반드시 죽일 수 있다.

✻ ✻ ✻

 버켄은 차를 마시며 화면 속의 김성현을 보고 있었다.
 이번에 나타난 몬스터인 사이클롭스는 신화시대에 존재하던 돌연변이 거인족이었다.
 특별한 힘은 없지만 압도적인 신체 능력과 세 쌍의 팔은 오래전 캄트라라는 고대의 도시 국가를 멸망시켰다.
 그러나 그 시절에 신은 인간에게 우호적이었고, 특히 캄트라는 천계에 '산제물'을 많이 바치는 곳이었기에 신은 사이클롭스를 억겁의 구렁텅이로 빠트렸다. 그걸 버켄이 플루토를 죽이고 구렁텅이에서 빼 온 것이다.
 사이클롭스만이 아니었다. 지금까지 김성현이 상대했던 몬스터부터 시작해서 앞으로 상대할 몬스터까지 모두 구렁텅이에 있던 녀석들이다.
 버켄의 우울한 얼굴에 옅은 미소가 번졌다.
 "약자, 넌 거기서 어떻게 살아남을 거지?"
 신체 능력을 제외하곤 아무것도 없는 몸뚱이로 과연 저 거인을 죽일 수 있을까?
 그 뒤에 연달아 나올 몬스터들도 전부?
 "살아 나온다면 더 이상 약자라고 안 불러 주지."
 김성현에겐 들리지 않겠지만 버켄은 그렇게 다짐했다.

✢ ✢ ✢

김성현은 흐르는 땀을 닦을 새도 없이 몸을 날렸다.

콰앙!

단순히 바위라고 하기엔 너무 큰 암석들이 바닥으로 떨어진다.

사이클롭스가 나타나고 3시간이 흘렀다. 몬스터는 당연하게도 3마리가 더 추가되었다.

그중엔 몸 전체가 바위로 이루어진 골렘도 있었는데, 지금 떨어지고 있는 암석들은 모두 놈의 몸에서 떨어져 나온 것들이었다.

"헉! 헉!"

까아악!

거대한 까마귀가 크게 날갯짓하며 김성현을 낚기 위해 하강했다.

김성현은 구부러진 바위 밑으로 몸을 피했다.

쿠득!

까마귀의 날카로운 발톱이 바위를 할퀴고 지나갔다. 말이 할퀴었다 뿐이지 바위가 몇 갈래로 크게 갈라졌다.

"진짜 인생 엿 같네!"

머리조차 제대로 안 보이는 몬스터가 총 네 마리. 그런

놈들이 김성현 하나를 노리고 달려들었다.

모든 힘까진 바라지도 않는다. 전격 딱 하나만 되돌아오면 놈들을 하나도 남기지 않고 죽일 자신이 있었다.

김성현은 숨을 몰아쉬며 커다란 나무 뒤에 숨었다.

쿠어어엉!

"미친!"

모래로 이루어진 거인이 울부짖자 모래의 해일이 밀림을 크게 덮쳤다.

김성현은 팔로 얼굴을 가리고 몸을 바짝 말았다.

숨어 있던 나무가 뭉개지며 그도 모래 해일에 쓸려 나갔다.

"컥!"

엄청난 압력이 느껴졌다. 몸이 터져 나갈 것 같다. 공기도 단번에 희박해지며 숨이 턱 막혔다.

질식사로 죽는 건 사양이었다. 이곳에서 어떻게든 빠져나가야 한다.

김성현은 지렁이처럼 몸을 꿈틀거렸다. 다행히 모래는 건조한 데다 쓸려 내려온 상태라 무척 부드러웠다. 덕분에 꿈틀거리는 걸로 순조롭게 위로 올라갈 수 있었다.

다행이었다. 습한 모래였다면 어떻게 됐을지 모른다.

"푸하!"

손으로 모래를 뚫고 힘을 이용해 위로 올라왔다.

머리끝부터 발끝까지 모래가 범벅이다. 하지만 모래를 털 여유는 없었다. 저 멀리 있는 네 마리의 몬스터가 자신을 향해 다가오고 있었으니까.

"칫!"

김성현은 냅다 모래 위를 달렸다.

쿠엉!

모래 거인이 모래를 타고 엄청난 속도로 쫓아왔다. 괜히 모래 해일을 일으킨 게 아니었다.

'날 효율적으로 쫓아오려고 일으킨 거였어.'

멍청하게 생긴 주제에 머리는 제법 비상하다.

김성현은 삐져나온 나무 뒤로 몸을 숨기고 위로 올라갔다.

모래 거인이 모래와 일체화된 팔을 길게 뻗어 나무를 후려쳤다.

콰직! 하고 구부러지는 나무.

김성현은 버티고 있다가 거인의 왼팔로 뛰어올랐다. 그러곤 냅다 달렸다.

거인의 다른 팔이 곧장 공격해 왔지만 상관없었다.

모래 거인이라도 모래의 힘을 다룬다 뿐이지 진짜 모래는 아니다.

팔이 떨어지기 직전, 왼팔에서 뛰어내리는 척 몸을 던졌다.

쿵!

모래로 뒤덮인 팔이 들썩인다.

김성현은 쇠파이프를 냅다 팔뚝 위에 박아 넣었다.

크어엉!

거인이 구슬프게 울었다.

"거, 모기한테 물린 정도밖에 안 되면서 웬 엄살이야!"

김성현은 쇠파이프를 박은 반동으로 그대로 어깨까지 뛰어올랐다.

거인이 팔을 흔든 덕에 생각보다 높이 착지할 수 있었다. 비록 쇠파이프를 사용할 순 없지만 이걸로도 충분하다.

그대로 어깨를 타고 점프했다.

얼굴을 뒤덮고 있는 모래를 한 손으로 붙잡아 몸을 고정시켰다. 그다음 다른 손을 강하게 말아 쥐고 휘둘렀다.

퍽!

김성현에게만 들릴 정도로 작은 소리였다. 그러나 위력은 작지 않았다.

"내가 인마, 너희보다 덩치가 작지, 힘이 부족하냐!"

모래 거인의 얼굴이 반대로 휙 돌아갔다.

김성현은 거기서 멈추지 않고 주먹을 연신 두들겼다.

쿠어……!

거인이 괴로운 듯 자신의 뺨을 후려치기 위해 손바닥을 휘둘렀다.

그럴 줄 알았다. 김성현은 기울어진 얼굴을 타고 코까지 내려왔다.

코끝을 붙잡고 반동으로 반대쪽 볼에 매달렸다.

팍!

모래 터지는 소리가 들려왔다.

근력이 높지 않았다면 버티지 못하고 떨어졌을 정도로 크게 흔들린다.

모래 거인의 얼굴이 조금 더 가파르게 기운다. 이 좋은 기회를 놓칠 김성현이 아니었다.

고정된 모래를 꽉 움켜쥐고 턱걸이하듯 몸을 끌어 올렸다.

날카로운 송곳 같은 무릎으로 거인의 볼을 찍었다. 그러곤 손을 놨다.

크어어어!

다시 말하지만 육체의 힘은 온전하다. 덩치에서 많이 밀리지만, 그것만 감당할 수 있으면 승자는 자신이다.

모래 거인의 몸뚱이가 바닥으로 쓰러진다. 죽진 않았지만 아마 쉽게 움직이진 못할 것이다.

바닥에 착지한 김성현이 다가오고 있는 거인들을 보며 몸을 풀었다.

"남은 건 세 놈."

한 놈을 처리하니 자신감이 붙었다.

아직 3 대 1은 조금 불리하지만 최후의 승자는 자신이 될 것이다.

…라고 생각한 순간이었다.

보라색 포탈 하나가 또 만들어졌다.

"개씨발……."

※　※　※

버켄이 김성현을 거대 몬스터가 끊임없이 소환되는 밀림으로 보낸 이유는 딱 하나였다.

요툰의 원 종족이라 할 수 있는 기간테스와 우트가르트의 거인들의 손에서 살아남게 하기 위해.

두 종족에 비하면 밀림에 소환되는 몬스터들은 압도적으로 약하다.

그럼에도 이런 짓을 시키는 건 간단했다.

힘의 고하를 떠나서 거대한 생물을 상대로 생존할 수 있는 전투법을 익히게 하기 위함이다.

그 때문에 신체 능력을 제외한 모든 힘을 봉인시켰고, 특수한 힘을 가진 장비들도 모조리 빼앗았다.

그렇게 29일이 지났고, 남은 건 단 하루뿐.

"많이 힘들어 보이는군."

버켄은 피땀 섞인 모습으로 숨을 헐떡이는 김성현을 보고 있었다.

스무 마리는 가볍게 넘어 보이는 거대 몬스터들이 그를 둥글게 둘러싸고 있다.

사면초가, 혹은 진퇴양난의 상황.

쓸 수 있는 무기도 없고, 체력도 많이 떨어진 상태.

과연 김성현은 저곳에서 살아남을 수 있을까?

버켄은 피식 웃으며 옆에 놓인 검을 쳐다봤다. 김성현의 주 무기인 듀란달이었다.

그는 이 검을 오래전에 본 적이 있었다.

설마 지금까지 이 모습이 유지되고 있을 거라 생각은 못했는데, 운명이란 참 무섭다.

"이번에도 넌 거인을 상대하는 것이냐?"

말을 못하는 검에게 질문하는 버켄.

"입이 근질근질하겠지."

우웅! 우웅!

듀란달이 몸을 크게 떨며 진동했다.

듀란달은 봉인된 상태의 에고 소드.

버켄은 피식 웃으며 시선을 돌렸다.

이곳에서 김성현이 잘한다면 듀란달의 봉인을 풀 수 있을지도 모른다.

그렇게만 된다면 재능 있는 인간에게 날개를 달아 주는 격이 되겠지.

벌써부터 기대되었다.

오래전, 듀란달의 원소유자였던 대영웅 롤랑의 모습을 조금이나 엿볼 수 있을지도 모른다.

✳ ✳ ✳

김성현은 피범벅이 된 얼굴을 닦으며 주위를 경계했다. 하나같이 20미터는 가뿐하게 넘어가는 몬스터들이 자신을 둘러싸고 있다.

'어이가 없네.'

인간에게 둘러싸인 개미가 이런 기분일까? 한 마리도 감당하기 버거운데, 수십 마리라니.

더 웃긴 건 이젠 15분에 한 마리씩 소환되고 있다는 것이다.

위잉!

뒤편을 보자 보라색 포탈이 또 만들어졌다. 그곳에서 이번에도 엄청난 거구의 몬스터가 걸어 나왔다.

저 녀석까지 합치면 총 스물여섯 마리다.

"진짜 실화냐."

쿵! 쿵! 쿵! 쿵!

몬스터들이 큰 걸음으로 자신에게 다가온다.

밀림이 이렇게 넓은데 도망치거나 숨을 곳 하나 없다는 사실이 어이가 없었다.

김성현은 이를 악물고 전투 자세를 잡았다.

마지막 날이다.

오늘까지 살아남기 위해 아등바등 버텼다. 이런 곳에서 죽기 위해 퀘스트 월드에 들어온 게 아니다.

"다 꺼져!"

김성현이 땅을 박차고 정면의 괴물을 향해 달렸다. 거미 모습의 몬스터였는데 입에서 독액을 뿜었다.

김성현은 앞으로 구르는 것으로 독액을 피하고 통나무만 한 다리에 매달렸다. 절대 가늘다고 할 수 없지만 이 정도면 맨손으로 부술 수 있다.

콰직!

팔과 다리로 거미 다리의 관절 부분을 비틀었다.

키에에엑!

거미가 고통스럽게 울음을 터트렸다. 8개의 다리 중 3개의 다리가 김성현을 향해 움직였다.

김성현은 바닥에 뛰어내리고는 다른 몬스터에게로 달렸다.

스무 마리가 넘는 거대 몬스터를 일일이 다 상대할 수는 없다.

거미의 다리가 바닥에 박히며 무섭게 쫓아왔다.

김성현은 털이 잔뜩 난 괴물의 다리로 점프했다. 복슬복슬하게 난 털이 깊게 자리 잡은 두꺼운 나무줄기 같다.

털을 붙잡고 힘껏 정강이로 유추되는 곳을 무릎으로 찍었다.

쿠워어어엉!

거인형 몬스터가 울부짖으며 주먹을 휘둘렀다. 같은 타이밍에 거미 괴물이 두 개의 다리를 움직였다.

김성현은 식은땀을 흘리며 허공으로 뛰어올랐다.

쾅!

거미의 다리와 거인의 주먹이 허공에서 충돌했다. 날카롭고 단단한 거미의 다리가 거인의 주먹을 꿰뚫었다.

크어엉!

거인이 울부짖었고, 거미가 당황한 듯 다급히 다리를 빼냈다.

"이이제이."

오랑캐를 오랑캐로 상대한다.

거미가 미안한(?) 눈으로 거인을 쳐다봤지만, 거인은 지능이 낮고 감정에 충실했다.

거인이 다리로 거미의 가슴을 뻥 찼다.

키엑!

거미의 몸이 허공으로 붕 떠오른다.

김성현은 씩 웃으며 다른 몬스터에게로 달렸다.

이제 저 두 몬스터는 서로를 죽이기 위해 치고받고 싸울 것이다.

그때 옆에서 검은 그림자가 나타났다. 거대한 나무 몽둥이였다.

"이런!"

피하기엔 너무 가깝다!

김성현은 돌처럼 몸을 둥글게 말았다.

빡!

모든 뼈가 부서진 것 같은 통증이 전신을 엄습했다.

그게 끝이 아니라는 듯 이번엔 손가락 7개가 달린 손이 김성현을 짓눌렀다.

손은 흙채로 김성현을 붙잡고 들어 올렸다.

크르르!

기괴한 모습을 한 늑대형 거인이었다.

늑대형 거인은 웃는 얼굴로 아가리를 벌렸다. 한입에 삼킬 작정이었다.

그걸 다른 몬스터들이 지켜보고 있을 리 만무.

쿠웨에엑!

크르렁!

치요요요요요요!

치고받고 있는 거미와 거인을 제외한 모든 몬스터들이 늑대형 거인을 덮쳤다.

크러어억!

스무여 마리의 괴물들이 순식간에 놈을 잡아먹었다.

김성현은 의식을 잃은 채 바닥에 떨어졌다.

기회를 엿보던 촉수 괴물이 몬스터들을 뒤로하고 김성현을 몰래 쥐었다. 그러곤 뒤로 슬금슬금 물러나다,

크어어엉!

키엑!

거미와 거인에게 발각되었다.

둘은 싸우던 걸 멈추고 촉수 괴물에게 달려들었다. 또 하나의 난전이 발생했다.

이번에도 김성현은 바닥을 나뒹굴었다. 그가 무거운 눈꺼풀을 열며 정신을 차렸다.

"크윽······."

꿈쩍도 할 수 없다.

김성현은 눈동자만 굴려 현재 상황을 살펴봤다.

수십 마리의 괴물이 뒤엉켜 더럽게 싸우고 있다. 왜 갑자

기 자기들끼리 싸우는지는 모르겠지만 이건 기회였다.

김성현은 아랫입술을 꽉 깨물고 어떻게든 일어나기 위해 애를 썼다. 다행히 뼈가 다 박살 난 건 아닌지 조금씩이지만 몸이 움직였다.

"허억… 허억… 허억……!"

일어서는 게 이토록 어려울 줄이야.

김성현은 비틀거리며 아직 보존되어 있는 수풀 쪽으로 향했다. 몬스터들은 자신에게 관심도 없는지 쫓아오는 기색이 없었다.

빽빽한 나무숲으로 들어간 김성현은 천천히 바닥에 앉았다. 이곳에서라면 조금은 버틸 수 있을 것이다.

그때 보라색 포탈이 허공에 또 만들어졌다. 15분이 지난 것이다.

'하…….'

이젠 욕하는 것도 힘들다.

포탈에서 나온 거대 표범이 자기들끼리 뒹굴고 있는 몬스터들을 향해 울음을 터트렸다.

크허엉!

그제야 몬스터들이 싸움을 멈추고 주변을 둘러봤다. 김성현의 위치를 찾기 시작한 것이다.

타이밍 한번 기가 막힌다. 이제 좀 숨통이 트이려는데 포탈이 만들어지다니…….

부디 이곳을 단번에 찾지 못하길 바랄 뿐이다.

그러나 그 바람은 당연하게도 이루어지지 않았다.

크렁!

피레레레!

후각이 뛰어난 몬스터들이 김성현의 위치를 찾아내고 달려오기 시작했다!

"개 같은! 개 같은! 개 같은!"

김성현은 힘겹게 일어나 안쪽으로 달렸다. 말이 달린다 뿐이지 걷는 거나 진배없었다.

몬스터들과의 거리는 빠른 속도로 좁혀졌다. 애당초 김성현이 전력으로 100미터를 뛰는 것보다 몬스터가 한 발짝 앞으로 내딛는 게 훨씬 빨랐다.

바로 뒤까지 추격해 온 몬스터들. 그중 하나가 거대한 팔을 김성현에게 뻗었다.

이젠 답이 없다. 김성현이 허망한 눈길로 떨어지는 손을 보았다.

[이 정도였나?]

그때 버켄의 목소리가 들렸다.

버켄이 한심하단 목소리로 말했다.

[쯧! 이게 처음이자 마지막으로 도와주는 거다.]

김성현의 안광에 푸르스름한 뇌전이 흘렀다.

"새끼… 진즉에 좀 주지!"

김성현은 온몸에 흐르는 짜릿한 힘에 함박웃음을 지었다.

그래! 이거다! 바로 이 힘이다!

자신을 벌레처럼 짜부라트려 죽이려는 저 손을 흔적도 없이 태워 버릴 진짜 힘!

푸른 뇌광이 번쩍였다. 굵직한 번개 줄기가 몬스터의 팔을 흔적도 없이 날려 버렸다.

콰르르르릉!

뒤이어 터져 나온 천둥소리, 그리고 이어진 몬스터의 울음소리.

크허어어어!

김성현은 푸른 화염처럼 일렁이는 육신을 보며 거대 몬스터들을 향해 뛰어올랐다.

비록 다른 힘까지 깨어난 건 아니지만 이 정도로 충분했다.

몬스터들이 허공에 떠오른 김성현을 공격했지만 모든 공격은 그를 스치지도 못했다.

거대한 존재들의 공격을 종류별로 한 달 내내 봐 왔다. 전격의 힘을 가지고 이 정도도 해내지 못한다면 한 달이란 시간이 의미가 없어진다.

김성현은 자유자재로 움직이며 몬스터들을 차례차례 쓰

러트렸다.

그렇게 마지막 몬스터를 쓰러트리고 바닥에 착지한 그는 털썩! 무릎을 꿇었다.

"헉… 헉……!"

의식이 저 먼 어둠 속으로 떨어져 내린다.

전격의 힘을 되찾았다곤 하지만 누적된 피해가 사라지는 건 아니었다. 박살 난 뼈와 찢어진 근육은 그대로였다. 단순히 번개의 힘에 의존해 움직였을 뿐이다.

두 손이 바들바들 떨렸다.

곧 포탈이 또 나타날 것이다. 김성현은 힘겹게 웃으며 번개를 응축시켰다.

＊　＊　＊

버켄의 옆에 문 하나가 열리며 그 안에서 김성현이 걸어 나왔다.

피범벅이었던 모습과 달리 지금의 김성현은 말끔했다.

"어떻게 살아 돌아오긴 했군."

버켄이 그에게 시선을 주지도 않은 채 말했다. 김성현은 찡그린 얼굴로 그를 지나치며 입을 열었다.

"내 장비들은 어디 있어?"

"글쎄?"

"글쎄는 개뿔. 빨리 내놔."

"재미없는 녀석이군."

버켄이 손가락을 튕기자 허공에서 듀란달을 비롯한 장비 아이템들이 떨어졌다.

그리고 봉인된 힘이 모두 깨어났다.

김성현은 오랜만에 마력과 신성력을 느끼며 옅은 미소를 지었다.

"이렇게 훌륭한 힘이었던가?"

"인간은 한 번 잃어 본 후에야 그 가치를 깨닫지."

"설마 그런 이유 때문에 다 빼앗고 밀림에 처박아 둔 건 아니겠지? 대체 왜 이런 의미 없는 짓거리를 시킨 거야?"

"의미 없는? 우습군."

버켄이 자리에서 일어나 김성현에게 다가왔다.

분명 큰 키였지만 거대 몬스터들만 한 달 내내 보다 보니까 작게 느껴졌다. 지금이라면 쓰러트릴 수 있을 것 같은 자신감이 들었다.

피식! 웃음이 나왔다.

'말도 안 되는 생각이지.'

아무것도 없는 상태로 거대 몬스터들과 싸웠다고 말도 안 되는 자신감이 붙고 말았다.

버켄도 그 생각을 눈치챘는지 조소를 지으며 말했다.

"시답잖은 생각 그만하고 따라와라. 네놈이 그곳에 있는 동안 준비가 끝났으니까. 이제 시작될 거다."

시작된다는 말에 김성현의 얼굴에 긴장이 서렸다. 버켄이 무슨 말을 하는지 굳이 묻지 않아도 알 수 있었다.

기간테스와의 전쟁.

한 달간 밀림에서 상대한 거대 몬스터들과는 비교도 안 되는 괴물들이다.

벌써부터 입안이 바싹바싹 말라 왔다. 그리고 기대됐다.

그때 뭔가 생각난 듯 김성현이 고개를 들었다.

"그러고 보니 그 녀석, 날 약자라고 부르지 않았어."

김성현은 버켄이 자신에게 했던 말을 떠올렸다.

분명 약자가 아닌 네놈이라고 불렀다.

별거 아니었지만 왠지 기분이 좋아졌다.

"그런 놈한테 인정받는다고 좋아하는 나도 참 한심하다."

김성현은 그리 중얼거리며 버켄이 향한 곳으로 걸음을 옮겼다.

※ ※ ※

멀덴은 은색 풀 플레이트로 무장한 수천 명의 병사들을

만족스러운 얼굴로 보았다.

그들은 이번에 새롭게 만들어진 '신인류'.

높이 솟은 창과 몸통보다 더 큰 둥근 방패, 호플론을 들고 있는 그들은 일당백도 두렵지 않아 보였다.

이들은 모두 한 달 전 기간테스와의 전쟁에서 전사한 자들의 복제품이었다.

정확히 말하자면 알텍스 지하에 있는 그들의 원본에서 무한히 만들어지는 복제품의 일부였다.

다만 그들의 모든 기억은 원본에 전송되며, 새로 복제를 시작할 때 추가된 기억을 고스란히 가지고 태어난다.

반인류적인 시스템이라고 할 수 있지만 요툰의 땅에서 인류가 승리하기 위해선 이 방법밖에 없었다.

그들의 제작자, 알프레드가 멀덴의 옆으로 다가왔다.

"준비는 다 됐나?"

알프레드는 땅딸막한 키의 드워프였다.

멀덴이 힐끔 그를 보고 대꾸했다.

"그래. 지옥 같은 땅으로 저들을 한 번 더 데려가야 할 시간이 오고 말았어."

"흥! 어차피 소모품. 죽으면 새로 만들면 돼."

"후훗! 말은 그렇게 해도 가장 가슴이 아픈 건 그대 아닌가?"

"헹! 저런 가짜들이 죽는다고 내가 가슴이 아프겠나?"

알프레드는 그렇게 말하곤 있지만 두 눈엔 슬픈 기색을 띠었다.

아무리 복제품이라고 해도 저들은 실제로 살아 있다. 그리고 직접 그의 손으로 만들었다.

부모 자식 관계와 크게 다르지 않았다. 슬픔을 느끼지 않는다면 그건 거짓말이리라.

멀덴은 굳이 그의 말을 걸고넘어지지 않았다. 지금 가장 착잡한 이는 알프레드일 테니까.

알프레드가 말했다.

"그런데 네가 데려온 그 애송이는 언제 와?"

본 적은 없지만, 알프레드도 대신급 신격을 취득한 위대한 존재.

김성현이 알텍스에 진입한 즉시 그의 존재를 눈치챘다.

멀덴이 어깨를 으쓱였다.

"글쎄? 살아남았다면 곧 올 테고, 살아남지 못했다면… 뭐."

뒷말은 붙이지 않았다.

알프레드가 이해했다는 듯 고개를 끄덕였다.

"버켄 녀석 성격상 아마 죽기 직전까지 몰아넣었겠지. 진짜로 죽었을 수도 있고."

알프레드는 버켄과 같은 시대를 살아온 드워프였다. 그의 행적을 옆에서 쭉 지켜봤으며, 어둠과 죽음을 관장하는 대신 플루토와의 결전을 자세하게 기억하고 있었다.

"독한 녀석이지."

플루토는 대신 중에서도 최상위에 속한 존재였다. 아무리 버켄이라도 그를 쓰러트리는 건 불가능했다.

실제로 플루토는 시종일관 버켄을 압도했다. 격의 차이란 그런 것이었다.

하지만 모두의 생각을 부정하듯 버켄은 플루토를 죽였다. 독종이란 단어조차 초월한 집념이 만들어 낸 결과였다.

실로 충격적인 사건이 아닐 수가 없었다.

온화하다고 알려진 신들의 왕 레이넌이 분노를 참지 못하고 버켄을 요격했을 정도였으니까.

알프레드는 본 적도 없는 김성현이 불쌍하게 느껴졌다.

"그 녀석, 누군지 모르겠지만 되게 불쌍하군."

"누가 왜 불쌍하지?"

그때 바로 뒤에서 음침한 목소리가 들려왔다.

알프레드는 기겁을 하며 바닥에 자빠졌고, 멀덴은 알고 있었는지 옅게 웃었다.

"이놈아! 왔으면 기척을 내야 할 거 아냐!"

"흥! 너 같은 놈들이 있으니 조용조용 다니는 거다."

버켄은 그리 쏴붙이고는 구부정한 모습으로 뒤를 쳐다봤다.

"뭐 해? 빨리 안 오고."

"지가 먼저 가 놓고선!"

빈 허공에서 김성현이 화를 내며 나타났다.

버켄은 귀찮다는 듯 병사들 방향으로 고개를 돌렸다.

"이제 출발하나?"

"그래야지."

"그렇군. 그럼 난 이만 가지."

"훈련은 잘 끝냈나?"

"아니."

버켄은 그 말만 남기고 어둠과 함께 사라졌다.

김성현과 알프레드가 동시에 소리쳤다.

"뭐 저딴 놈이 다 있어!"

그러곤 놀란 눈으로 서로를 바라봤다.

"흐하하!"

멀덴이 소리를 내어 크게 웃었다. 전쟁 전에 이렇게 크게 웃는 건 처음이었다.

또다시 전쟁을 해야 한다는 생각에 심란하던 차였다. 그는 한 인간과 드워프에게 감사 인사를 했다.

"고맙군. 둘 덕분에 마음이 조금 편해졌어."

"그게 무슨 개소리야?"

알프레드가 한쪽 눈을 찡그리며 묻자 멀덴이 씩 웃을 뿐 대답하지 않았다.

그때 김성현이 둘 사이에 끼며 말했다.

"그런데 출발은 언제 해?"

"버르장머리 없는 놈! 어른들이 대화하는데 애송이 녀석이 어딜 끼려고 해!"

"안 하고 있잖아?"

"뭐?"

"당신만 말하고 있지, 멀덴은 가만히 있잖아? 그리고 그쪽은 누군데 나한테 버르장머리 있다, 없다 씨부리는 거야?"

"뭐, 뭐라?"

알프레드의 얼굴이 붉으락푸르락해졌다.

김성현은 그를 무시하고 멀덴에게 재차 물었다.

"언제 출발하냐니까?"

"이놈이 무시해!"

알프레드가 윽박질렀지만 소귀에 경 읽기.

김성현은 아예 그를 없는 취급했다.

당연히 알프레드는 폭발했고, 한차례 사달이 일어났다.

멀덴은 전쟁을 앞두고 한 인간과 드워프를 말리느라 진땀을 뺐다. 정확히는 김성현을 죽이려 드는 알프레드를 전담 마크한 것이다.

"진정해, 진정."

"머리에 피도 안 마른 놈이 말이야!"

"나이 많아서 좋으시겠어? 힘만 더럽게 세 가지고."

"저놈이!"

"너도 그만하지. 중요한 일을 앞두고 이게 무슨 일인가?"

"흥!"

김성현과 알프레드가 동시에 고개를 돌렸다.

멀덴은 한숨을 내쉬며 요툰으로 향하는 문을 만들기 시작했다.

형상화된 문자들이 허공에 나열되며 대군이 한 번에 진입할 수 있을 정도로 큰 문이 나타났다.

알프레드는 더 이상 이곳에 볼일 없다는 듯 바닥에 내려놨던 망치를 주웠다.

"기다리고 있겠다."

"금방 다녀오지."

"네놈은 그곳에서 콱! 죽어 버리고!"

"이……!"

김성현이 대꾸하기도 전에 알프레드의 신형이 사라졌다. 그는 어이없는 표정으로 멀덴에게 물었다.

"아니, 저 난쟁이는 대체 뭐야?"

"전설의 대장장이라고 해 두지."

"전설은 개뿔."

"성격이 좀 괴팍하고 극단적이지만, 저 병사들 전부 그가 만든 거야."

"…언제부터 대장장이가 사람까지 만들었는데?"

이곳에선 대장장이의 뜻이 기존에 알던 것과 다른 걸까?

멀덴은 손에 든 시계를 확인하며 대답했다.

"궁극에 이른 대장장이는 뭐든 만들 수 있지. 그게 진짜 생명이라도."

"뭔 소린지 모르겠네."

"그냥 알프레드도 네가 생각하는 것보다 엄청난 존재라는 얘기다. 잡담은 여기까지 하고 그만 가지. 녀석들이 기다리고 있을 테니까."

김성현은 진지해진 멀덴의 표정을 보고 대답했다.

"알겠다."

❈ ❈ ❈

말살 부대의 대장 웰턴은 멀리 보이는 거대 생명체들을 보며 마른침을 삼켰다.

"엄청나군."

그곳엔 몇 미터인지 쉬이 추정할 수 없는 거인 무리가 숲 하나를 장작으로 써 불을 지피고 있었다.

그들은 우락부락한 근육을 가지고, 짐승 같은 털이 잔뜩 나 있었다.

언뜻 보면 문명이 자리 잡지 않은 미개인들과 크게 다르지 않았다. 그러나 겉모습과는 달리 거인들은 하나하나가 엄청나게 강력했다.

웰턴은 그들을 상대로 승리를 장담할 수 없었다.

무려 에피소드 170단계에 도전하고 있는 그였다.

170단계면 이젠 죽고 없는 켈튼보다도 2단계나 더 높은 단계였다.

오버로즈 전 서열 3위보다 강한 그가 엄청난 존재들의 무리를 보고 겁을 먹은 것이다.

"어떡하실 생각입니까?"

그때 웰턴과 같은 팀을 이룬 블랙헤드가 물어 왔다.

"돌아간다. 저들을 상대했다간 손해만 볼 거야."

자신만이라면 거인들을 앞에 두고도 도망칠 자신이 있었지만, 부하들은 달랐다.

그들은 분명 무시할 수 없는 강자가 맞다. 그러나 강함이란 상대적인 것이다. 거인과 비교했을 땐 개미나 다름없었다. 개미는 인간의 발을 절대 피하지 못한다.

웰턴은 부하들을 이끌고 거인들의 시야가 닿지 않는 곳으로 이동했다.

인간이 개미를 발견하지 못하듯, 저들도 개미만 한 자신들을 발견하지 못할 것이다.

'정말 두려운 세계군.'

이런 곳에 김성현이 있다는 사실이 믿기지 않았다.

아무리 특이 케이스라도 성장 속도엔 한계가 존재한다.

고작해야 반년이다.

수많은 경우의 수를 가정해 봐도 그가 이곳에서 생존할 정도의 힘을 가지는 건 불가능하다.

"이미 이 세상 사람이 아닐 수도 있겠군."

그럼 굳이 소란 피울 필요도 없이 시체만 확인하고 가면 된다.

그때였다. 거대한 빛의 문이 허공에 열리며 수천에 달하는 병사들이 모습을 드러냈다.

거인 중 하나가 고개를 갸웃거리며 그곳으로 다가갔다.

웰턴과 부하들은 긴장한 눈으로 상황을 주시했다.

그 순간 푸른빛 하나가 엄청난 속도로 문 쪽으로 다가가는 거인에게 날아들었다.

거인이 황급히 빛을 향해 묵직한 둔기를 휘둘렀지만…….

웰턴은 그다음 이어진 광경에 입을 다물지 못했다.

퍽!

둔탁한 소리가 고요한 그곳에 울려 퍼졌다.

거인의 머리가 수박처럼 터졌다.

※ ※ ※

김성현은 거인 하나를 무력화시킨 멀덴을 보며 낮게 감탄했다.

"대단해."

문에서 나온 순간 눈으로 쫓지 못할 속도로 멀덴이 튀어나갔다.

그는 곧장 특유의 빛을 만들어 내 거인의 머리를 박살 냈다.

거인은 절대 약하지 않았다. 오히려 일반 기가스 한 개체보다 더 강하고 거대했다.

그런데도 단 한 방에 끝내 버렸다.

만약 자신이었다면 고군분투하다 간신히 쓰러트렸거나, 쓰러졌을 것이다.

차이는 알고 있었지만 저렇게 먼 곳에 존재하다니.

김성현은 씁쓸함을 뒤로하고 멀덴에게 부탁받은 대로 모든 병력에게 명령했다.

"전군! 진격!"

고대의 팔랑크스를 재현시킨 군대가 거인을 향해 돌진했다.

팔랑크스의 진면목은 사실 거대 존재들과의 전투에서 빛을 보진 못한다.

그러나 이들은 평범한 중장보병이 아니었다. 하나하나가 2급 신에 준하는 힘을 지닌 신인류! 비록 복제품이지만 힘만큼은 그대로였다.

강력한 기운이 병사들 사이에서 무더기로 튀어나오며 뒤섞인다.

크어어어어!

거인 중 하나가 괴성을 지르며 병사들을 향해 돌진했다. 둔기가 위협적인 바람 소리를 내며 병사들을 후려쳤다.

콰가가가각!

수십 명이 넘어가는 병사들이 허공으로 붕 떠올랐다.

그러나 병사들은 개의치 않고 거인의 복부와 가슴에 창을 박아 넣었다.

크아아아!

강한 기운이 실린 창이었기에 거인도 피해를 면치 못했다.

김성현은 공간을 단숨에 뛰어넘어 거인의 머리 위로 번개를 쏘았다.

쿠구궁!

괴롭게 몸부림치는 거인.

다른 거인들이 그를 돕기 위해 달려온다.

그러나 먼저 움직인 멀덴이 두 거인의 목을 갈랐고, 한 거인의 심장을 파괴시켰다.

"김성현! 끝장내라!"

"말 안 해도 알아!"

어느새 듀란달을 손에 든 김성현이 그대로 거인의 이마에 꽂았다.

전격과 마력, 신성력이 뒤섞이며 거대한 에너지 덩어리로 변하기 시작한다.

가까이서 보니 거인의 눈동자가 덜덜 떨리고 있다. 심지어 눈물이 맺혀 조금씩 흐르고 있었다.

두렵고 겁이 나는 모양이다.

그 모습을 보니 거인도 인간과 크게 다르지 않은 듯했다.

생각해 보면 그들은 평화롭게 화톳불 앞에서 오손도손 모여 수다를 떨고 있었을 것이다. 그런데 난데없이 인간들이 나타나 그들을 공격했고, 이젠 죽을 위기에 놓였다.

김성현은 입술을 깨물고 소리 없이 중얼거렸다.

'잘 가라.'

거대한 에너지 덩어리가 거인의 머리를 시작으로 전신으로 퍼져 나간다.

중장보병들은 이미 거인에게서 멀리 떨어져 있었다.

거인의 눈이 파들파들 떨린다. 곧 빛이 눈알 사이에서 새어 나오며 뽑히듯 터져 나왔다.

 김성현은 차마 볼 수 없어 등진 채로 거리를 벌렸다.

 콰아아앙!

 거인의 육체가 폭발하며 잔해가 사방으로 튀었다.

 병사들이 방패를 들어 잔해를 막았다. 거인의 잔해다 보니 막지 않으면 크게 부상당하거나 죽을 수도 있다.

 나머지 거인들을 정리한 멀덴이 김성현 앞에 착지했다.

 "후……. 설마 문 앞에 우트가르트의 거인들이 있을 줄은 몰랐군."

 "우트가르트의 거인들?"

 "이젠 말해 줘도 되겠지. 그들은 이 땅의 두 '원주민' 중 하나다. 그리고 우린 그들에게서 판데리아 대륙을 보호하기 위해 존재하는 수호자 집단, 허쉬(Hush)다."

Chapter 5

레벨이 대수냐

멀덴이 진중하게 이 세계, 요툰의 진실을 말했다.

김성현은 살짝 멍한 얼굴이 되었다. 처음 듣는 얘기인 만큼 살짝 충격이었다.

첫 만남 때 멀덴이 절망하게 될 거라면서 말을 회피한 적이 있었다.

"정확히 말해 줘. 넌 분명 나한테 절망하게 될 테니 굳이 말할 필요가 없다고 했지? 어느 부분에서 절망한다는 거지? 그리고 판데리아를 보호한다는 건 또 뭐고? 내가 전에 무슨 시대냐고 물어봤을 때 멸망의 시대라고 대답한 건 뭐야!"

"타당한 의문들이군."

"대답이나 해!"

멀덴은 목을 긁적이며 가만히 바닥을 보다가 생각을 다 정리했는지 입을 열었다.

"차례대로 대답해 주지."

"좋아."

"첫째, 절망하게 되는 이유. 그건 예정된 미래 때문이다."

"예정된 미래?"

"그래. 인류는… 판데리아 대륙은 기간테스 군단과 우트가르트의 거인들에 의해 침공당할 예정이다. 그것도 바로 1년 후에 말이지."

"…침공한다고? 그 거대 괴물들이?"

멀덴이 고개를 끄덕였다.

이건 확실히 절망할 만한 부분이었다.

하나하나가 못해도 2급 신이나 마왕 수준의 힘을 지닌 종족이었다.

특히나 아크 기가스의 경우는 대신급 괴물이었다.

아크 기가스가 한 개체밖에 존재하지 않는다면 모를까, 들어 보니 그게 아니었다.

그리고 우트가르트의 거인 중에서도 아크 기가스 같은 녀석이 분명 존재할 터.

'잠깐.'

순간적으로 한 가지 의문이 들었다.

김성현이 멀덴에게 물었다.

"너 이곳에 온 지 얼마나 됐지?"

"4년 정도 됐을 것이다."

"멀덴, 넌 판데리아를 한 번 통일한 적이 있나?"

"그렇다."

"그 기간은?"

"모른다. 통일시키고 난 곧장 이곳으로 넘어왔으니까. 아마도 통일하는 순간 분열되지 않았을까 싶군. 나한테 고개를 숙이고 있었지만 속에 칼을 품었던 자들도 많았으니."

멀덴의 생각은 틀리지 않았을 것이다.

김성현은 판데리아 대륙의 모든 역사를 꿰고 있는 건 아니었지만 대략적으로는 알고 있었다. 그리고 무려 동서방의 통일이다. 그런 대사건이 역사에 기록되어 있지 않다는 건 말이 되지 않는다.

"그게 몇 년도였어?"

어떤 시대인지만 알면 추론을 사실로 확정지을 수 있다.

멀덴이 의아한 얼굴로 되물었다.

"그건 왜 묻지?"

"중요하니까 대답해 줘."

"…넌 뭔가 이상하군. 랑텔 41년이었다."

랑텔!

김성현의 눈이 부릅떠졌다.

랑텔의 시대는 굉장히 오래된 시대였다.

현재까지 김성현이 경험한 가장 오래된 시간대는 신성한 숲이었고, 그다음이 바로 직전 에피소드였다.

랑텔의 시대는 그런 하 왕조 182년보다도 천 년은 더 된 과거였다.

김성현의 입가에 알 수 없는 미소가 그려졌다.

확실하다.

랑텔의 시대는 소위 말하는 암흑기였다.

아셀라우시스가 바알을 죽이고 세상에 평화가 도래한 순간, 랑텔이라는 거악이 세상을 집어삼켰던 시절이었다.

그리고 그 랑텔의 시대를 깨부순 자가 바로 유일왕이자 골든 엠페러라 불리는 멀덴이다.

자세한 기록은 찾아볼 수 없었지만 랑텔의 시대를 깨부쉈다는 점에서 그는 역사에 크게 이름을 새겼다.

'아마도 랑텔을 죽이기 위해 동서방을 통합시킨 거겠지.'

그러니까 멀덴이 통일을 이룩한 직후 요툰으로 오게 된 것일 거다.

그렇지 않으면 랑텔의 시대가 끝날 리 없을 테니까.

속에 막힌 게 뻥 뚫린 기분이었다.

하지만 중요한 건 이게 아니었다. 중요한 건 멀덴이 말하는 예정된 미래가 어긋난다는 것이다.

랑텔의 시대가 끝을 내리고 세상은 전례 없던 태평성대를 맞이하게 된다.

플레이어로 인해 예정된 미래가 다시 도래할 수도 있지만 아직까지 그런 낌새는 보이지 않는다.

"즉 판데리아는 무사하다."

갑작스런 의문이 해결됐다.

멀덴이 한쪽 눈썹을 찡그리며 말했다.

"갑자기 무슨 소리를 하는 거지?"

혼잣말한다는 걸 저도 모르게 입 밖으로 내뱉고 말았다.

"아, 아니… 아무튼 그래서? 계속 얘기해 줘. 예정된 미래라는 걸 타파할 수 있는 방법이라도 있는 거야? 그게 아니면 어떻게 보호한다는 거지?"

김성현은 확정된 미래를 알고 있었지만 모른다는 투로 물었다.

그 페이스에 넘어가 버린 멀덴은 더 이상 의문을 표하지 않고 계속 말했다.

"놈들의 개체수를 줄여 나가는 것으로 판데리아를 보호한다."

"개체수를 줄인다? 어차피 모체가 되는 아크 기가스로

인해 기간테스는 무한히 증식하는 게 아닌가?"

"그러니까 아크 기가스의 개체를 최대한 줄이려는 거지. 우트가르트의 거인의 경우는 '로키'의 봉인을 계속 유지시키는 것이고."

"로키?"

"아주 오래된 신이다. 이 땅에 자신의 왕국을 세운 왕이기도 하지. 이 얘긴 굳이 알 필요가 없다."

"흠……."

궁금하긴 했지만 더 이상 묻진 않았다.

'로키라……. 내가 아는 그 로키가 맞나?'

퀘스트 월드는 자기 입맛대로 실제 신화 속 신들을 각색하는 경향이 있어 이름만 로키고 다른 존재일 수도 있다.

그러고 보면 우트가르트란 이름도 북유럽 신화에서 들어 본 적 있었다. 다만 유명하진 않아 자세히 알지 못했다.

이 부분은 나중에 생츄어리에서 직접 알아보기로 하고, 마지막 질문의 답변을 들을 차례다.

"멸망의 시대란 대체 뭐지?"

"라그나로크, 혹은 기간토마키아. 그런 것이 도래하는 시대지."

둘 다 익히 들어 본 말이었다. 그리고 이 두 가지는 아주 강렬한 공통점을 가지고 있었다.

"말 그대로 멸망의 시대로군."

"알고 있는 모양이지?"

기가스에 관한 얘기를 들었을 땐 그러려니 했다. 퀘스트 월드의 제작자들이 지구의 신화를 차용한 게 한두 번이 아니었으니까. 그런데 이렇게 노골적으로 가져다 쓰다니.

'하루 이틀이 아니긴 하지만.'

북유럽과 그리스로마신화의 범벅 그 자체다.

이 정도면 세계관을 만든 자가 지구 신화 덕후라고 해도 믿을 수 있을 것 같다.

아무튼 기간테스 군단과 우트가르트의 거인들이 동시에 판데리아로 내려가게 되면 골치 아파지는 건 분명하다.

"대답해 줘서 고맙다."

"너도 나를 돕는다고 했으니 어차피 알아야 할 내용이었다. 늦게 말해 줘서 미안하군."

"크크! 오글거리니 이쯤에서 훈훈함은 그만두고 다시 출정해야지."

"그래. 그런데 조금 문제긴 하군."

"뭐가?"

"원래는 이곳에 우트가르트의 거인들이 있으면 안 됐다. 우린 문을 여는 곳 근처에 적이 없는 걸 확인하고 안전하게 연다. 불가피한 전투와 무의미한 희생을 최대한 줄여야 하니까. 그런데 방금 전 전투로 상당한 손실이 있었다."

멀덴의 말은 일리가 있었다.

몇천의 병사 중 고작 몇십에 불과하긴 하지만, 그들이 가진 힘을 생각하면 고작이라고 표현할 수 없다.

한편으론 또 다른 의문이 생겼다.

신인류는 요툰에서 인류가 만들어 낸 인조인간이라고 보면 된다. 대신급 존재라면 생명 창조 정도는 쉽진 않더라도 해낼 수 있을 것이다.

다만 병사들은 개개인이 2급 신 수준의 힘을 가지고 있었다.

"멀덴, 그런데 이들은 어떤 방식으로 2급 신에 달하는 힘을 가지게 된 거지?"

사실 신이란 가지고 있는 힘으로만 결정되진 않는다.

그렇지만 어딜 가나 평균은 존재하는 법. 신인류는 힘만 취급했을 때 2급 신 평균에 해당했다.

신들만이 가지는 고유의 개성이나 특징은 존재하지 않아, 멀덴의 말을 빌려 보자면 신격을 취득한 수준까진 아니다.

그래도 그런 힘을 대량생산했다는 게 믿기 어려웠다.

"나도 자세히는 모른다. 애초에 이곳에 온 지 4년밖에 되지 않았고, 알텍스에서의 권한도 높지 않아 얻을 수 있는 정보가 한정적이지."

"모두 평등한 게 아니었나?"

"세상에 평등한 곳은 없어."

멀덴의 말에 정신이 번쩍 들었다.

세상에 평등한 곳은 없다. 이 세상 전부를 꿰뚫는 말이다.

김성현은 고개를 끄덕이며 말했다.

"그러고 보니 알텍스에 관해서도 아는 게 거의 없군."

"차차 알아 가면 되지. 미안하군. 이번 건 대답해 주지 못해서."

"아니다. 이것도 언젠간 알게 되겠지."

그리 말하며 김성현은 반지를 문질렀다. 이곳은 한 번 온 곳이니 반지에 분명 기록됐을 것이다.

'설마 아예 맛탱이가 간 건 아니겠지…….'

그건 조금 곤란하다.

일단 이번 에피소드를 클리어하는 데 집중해야 한다. 이곳은 지금까지 겪어 온 어떤 에피소드보다 난이도가 높다.

멀덴이 병력을 재정비하고 당초의 목적지인 기간테스의 영역으로 향했다.

✳ ✳ ✳

거대한 피막 날개와 전신을 뒤덮은 덥수룩한 갈색 털, 이마에 솟은 두 개의 황소 뿔을 가진 악마가 커다란 스크린을 보고 있다.

그때 뒤쪽 철제문이 자동으로 열리며 노인 하나가 들어왔다.

"찾았나?"

"아직 위치조차 잡지 못했습니다."

노인, 테베즈는 낮게 혀를 찼다.

약 한 달 전, 김성현이 갑자기 자취를 감췄다.

모든 방법을 동원해서 그를 추적했지만 어디에서도 흔적을 발견하지 못했다. 귀신이 곡할 노릇이었다.

테베즈가 악마에게 말했다.

"넌 어떻게 생각하지?"

"아마도 놈들이 개입한 게 아닐까 싶습니다."

놈들이란 테베즈가 적대하는 제작자들을 뜻했다.

테베즈도 같은 생각이었다. 십중팔구 그들의 소행이 확실하다. 궁금한 건 이유였다.

김성현이 무지갯빛 기운을 다룬다는 걸 알고 있다지만 그들에게 위협이 되는 수준은 아니었다.

당장 마신조차도 어찌 못하는 힘을 여러 명으로 구성된 그들이 겁먹을 리 없었다.

"혹시 히든 퀘스트가 아니겠습니까?"

"히든?"

테베즈의 눈이 반짝였다.

악마가 계속 말했다.

"그렇습니다. 김성현이 사라진 곳은 생츄어리의 대도서관이었습니다. 알고 계시지 않습니까? 대도서관엔 히든 퀘스트가 몇 개 존재한다는 걸."

"하지만 히든 퀘스트를 제작할 때 나도 있었어. 심지어 마스터 키는 내가… 잠깐."

테베즈가 잠깐 뭔가를 생각하더니 곧 인상을 구겼다.

"설마 요툰인가!"

"요툰이라면 그……."

"그래, 멀덴과 관련된 스토리다. 만약 에피소드 더블 제로, 비운 속으로 들어가게 된 거라면 내 영향력이 닿지 않을 수도 있어. 그곳은 녀석들이 집중적으로 관리하는 에피소드니까. 그리고 아마 맞을 거다."

"어째서입니까?"

"김성현이 일전에 클리어한 에피소드 보상이 멀덴의 영광이었거든. 아마 김성현은 자신이 알고 있는 역사적 내용과 너무 달라 찾아본 거겠지. 그리고 히든 퀘스트가 발동한 것이고."

테베즈의 추측은 모두 맞았다.

악마는 복슬복슬하게 자란 털을 매만지며 말했다.

"그곳의 난이도는 어떻습니까?"

"엄청나게 어렵지. 지금의 김성현 실력으론 어림도 없어. 아니, 지금 활동 중인 플레이어들 모두 마찬가지다. 그 '렘'이라면 또 모르겠군."

"렘이라……."

"젠장! 난리 났군! 그 녀석 정도의 안배는 쉽게 찾기 어려운데……."

"제가 나서는 건 어떻겠습니까?"

"네가?"

테베즈가 악마를 보며 말했다.

확실히 악마라면 지금 김성현에게 도움을 줄 수 있을지도 모른다.

하지만 그만큼의 위험 부담이 존재한다.

하이 리스크 하이 리턴.

테베즈는 고개를 저었다.

"아니야. 네가 움직였다간 일이 더 커질 수도 있어. 무엇보다 김성현이 널 본다면 눈이 돌아 버릴지도 모른다고, 데몬크로스."

데몬크로스라 불린 악마가 커다란 입으로 미소를 그리며

대답했다.

"알겠습니다."

그의 붉은 눈이 타오르며 다시 스크린을 향했다.

스크린엔 수백 명을 하나하나 포착하고 있는 수백 개의 화면이 분할되어 나오고 있었다.

※ ※ ※

"그런데 거인들보다 기간테스를 좀 더 적대하는 이유가 뭐야?"

김성현의 뜬금없는 질문에 멀덴이 답했다.

"그 녀석들이 조금 더 위협적이니까."

"어떤 면에서?"

"거인들은 확실히 기가스 한 개체보다 강하지만 수가 많지 않다. 하지만 기간테스는 너도 알다시피 무한히 증식하지. 거인과 기간테스를 똑같이 상대하면 기간테스 군단의 숫자가 감당할 수 없을 정도로 불어난다. 그래서 놈들을 집중적으로 마크하는 거지."

"그렇군. 거인들은 개체수가 정해져 있다는 걸 처음 알았어."

"당연하지. 처음 말했으니까."

"그럼 또 할 말이 없긴 하지."

요 며칠 기간테스 군단과 전투를 치르며 김성현과 멀덴은 부쩍 친해졌다.

전우애라고 할까?

두 사람은 연배도 비슷하고, 어릴 적부터 강자라는 압박감 때문에 공통점도 꽤 많았다.

김성현은 마법으로 화톳불의 화력을 높이며 밤하늘을 보았다.

지금까지 자신이 직접 쓰러트린 기간테스는 총 7마리.

아크 기가스는 아직까지 모습을 드러내지 않아 한 마리도 잡지 못했다.

'레벨 업은 꽤 했다.'

밀림에서 총 11업을 했고, 기간테스 군단과의 전투에서 7업을 했다.

확실히 적 수준이 높으니 경험치가 팍팍 들어왔다.

칭호도 하나 얻었다.

이름:김성현

레벨:144(Exp 21.66퍼센트)

종족:드래고니안(지구 출신)

직업:이능 마검사

SP:170/170

능력치:능력치 포인트 0(레벨 업당 5포인트 지급)

근력 227(478+30퍼센트) 민첩성 130(478+30퍼센트)

지력 85(628+30퍼센트)

체력 108(328+30퍼센트) 마력 356(628+30퍼센트)

이능력 477(298+30퍼센트)

타이틀:

죽음조차 두려워하는 자(3Lv(성장형),

모든 능력치 30 상승)

드래곤 슬레이어(9Lv, 모든 능력치 30 상승(이능력 제외),

용족 대상 10퍼센트 추가 피해)

레인보우 워프에 도달한 자(9Lv, 모든 능력치 25 상승,

공간계 능력 사용 시 모든 능력치 3퍼센트 증가)

신격(6Lv, 모든 능력치 25 상승, 신성력 사용 시 15퍼센트

추가 공격력 상승, 악마족 대상 15퍼센트 추가 피해)

마왕 사냥꾼(10Lv, 모든 능력치 40 상승, 악마족 대상

20퍼센트 추가 피해, 마기 저항력 20퍼센트 상승)

기간테스 사냥꾼(8Lv(성장형), 모든 능력치 20 상승,

물리 공격력 10퍼센트 상승,

기가스 대상 8퍼센트의 추가 피해)

*드래곤 하트(82퍼센트)+현자의 돌:모든 능력치 30 상승

*드래곤 하트(82퍼센트)와의 동화율 86퍼센트:

모든 추가 능력치 17퍼센트 상승

*현자의 돌과의 동화율 98퍼센트:

모든 추가 능력치 13퍼센트 상승

*드래곤 하트(82퍼센트)+현자의 돌의 융화로 기존의

육체가 '마력 최적화형 육체:에테르 모드'로 변환

*에테르 모드로 인해 2급 마도사 유지(1급으로 격상 가능)

*드래곤 하트(82퍼센트)의 영향으로 종족이 인간에서

드래고니안으로 변환

바로 기간테스 사냥꾼이었다.

5마리째 죽이는 순간 타이틀을 획득했다. 심지어 성장형이었다.

계속해서 기가스를 죽이다 보면 타이틀이 진화한다.

거기다 물리 공격력과 종족 대상 추가 피해까지 붙어 있다. 아주 개이득이었다.

요즘은 레벨 업보다 이런 타이틀 하나 얻는 게 훨씬 더 기분이 좋았다.

김성현이 혼자 싱글벙글하고 있자 멀덴이 물어 왔다.

"뭐가 좋아서 웃고 있지?"

"응? 아니, 그냥 개인적으로 좋은 일이 있어서."

시스템에 대해 말해 봤자 어차피 알아듣지 못한다.

…라고 생각한 순간 시험해 보고 싶은 게 생겼다.

'격이 높을수록 시스템을 조금씩 인지하기 시작했어.'

프레이야의 경우를 생각해 보라.

그녀는 결국 시스템의 힘을 견디지 못하고 호기심을 잃고 말았지만 그 누구보다 집요하게 물어 왔다.

그보다 격이 훨씬 높은 멀덴이라면 최초로 완벽하게 인지할지도 모른다.

"멀덴, 잘 들어 봐."

"뭘?"

"시스템, 인벤토리, 스킬……."

"잠깐, 너 방금 뭐라고……!"

멀덴이 강한 두통을 느끼며 자신의 얼굴을 붙잡았다. 그의 두 눈이 뻘겋게 충혈되며 이마에 혈관이 울긋불긋 솟아오른다.

김성현은 뭔가 잘못됐다는 걸 직감했다.

"이봐!"

"큭!"

멀덴의 눈과 코, 귀, 입에서 피가 흘러내린다.

김성현은 곧장 신성력을 일으켜 멀덴에게 치유의 힘을 내리고, 엘릭서 한 병을 꺼냈다.

"이거 마셔."

"크흡……."

통할지는 모르겠지만 시도를 안 해 보는 것보단 낫다.

멀덴을 눕힌 뒤 그의 입을 살짝 벌려 엘릭서를 흘려 넣었다. 엘릭서의 기운이 알아서 혈관을 타고 크게 한 바퀴 돌았다.

다행히 약발이 도는지 혈색이 괜찮아지고 피가 멎었다.

김성현은 크게 한숨을 내쉬었다.

"다행이다."

설마 시스템 얘기에 이 정도로 타격을 입을 줄은 몰랐다. 격이 높을수록 걸리는 금제 같은 게 훨씬 강한 것인가?

김성현은 괜히 미안했다.

'그런데 이거 잘만 이용하면…….'

멀덴과 비슷한 격을 지닌 적들에게 유용한 무기로 쓸 수 있을지 모른다.

멀덴에게 미안하지만 좋은 사실을 알아냈다.

그렇게 약간의 시간이 흐르고 멀덴이 완전히 회복했다.

"후우……. 대체 뭐였지?"

"괜찮나?"

"아, 조금 괜찮아졌다."

멀덴은 상당히 터프한 성격이었기에 크게 내색하진 않았다.

그러나 머리를 누르는 모양새를 보니 약간 지끈거리는 모양이다.

그보다 더 이상 시스템에 의문을 가지지 않는다. 뇌에 과부화가 걸린 순간 시스템의 힘이 작용한 것일 수도 있다.

'그런데 왜 이런 제약을 걸어 놨을까?'

그런 의문이 들었다.

힘의 강함, 격의 차이를 떠나서 모든 게임 내적 존재들은 퀘스트 월드의 일부에 지나지 않는다. 게임 바깥 세상에서 볼 때 개미나 멀덴이나 똑같다는 의미다.

그런데 왜 시스템 용어의 인식을 막는 데 격이 높은 존재일수록 제약이 많이 걸린단 말인가?

'알 수 없는 게임이야.'

비밀이 너무 많다.

김성현은 고개를 저으며 자리에서 일어났다.

"어딜 가려고?"

"오줌 누러."

"다녀와라."

김성현은 멀덴의 배웅을 받으며 바위 뒤쪽으로 걸어갔다.

그때였다. 그림자 속에서 흑색 단검이 튀어나왔다. 시력이 극도로 밝지 않았다면 분명 당했을 것이다.

김성현은 듀란달을 3분의 1쯤 뽑아 단검을 막아 냈다.

그러나 쇠붙이가 충돌했음에도 아무런 소리가 나지 않았다. 그제야 뭔가 잘못됐다는 걸 느꼈다.

김성현은 듀란달을 완전히 뽑은 후 내장 스킬, 신성한 일격을 바닥에 꽂았다.

은은한 남색 기운이 신성한 일격이 땅에 닿기 직전에 휘감았다.

"이건……!"

"얌전히 죽어라."

갈고리를 닮은 기괴한 곡선을 자랑하는 검이 김성현의 목을 감았다.

당기면 그대로 목이 잘려 나갈 상황.

"너무 안일해."

김성현의 신형이 그곳에서 사라졌다.

"안일한 건 너겠지."

기괴한 검의 주인, 웰터이 아무것도 보이지 않는 곳을 향해 신호를 보냈다.

픽!

어둠 속에서 독이 잔뜩 발린 화살이 튀어나왔다. 그리고

김성현이 화살의 정면에 나타났고,

 푹!

 "컥!"

 그의 옆구리에 정확히 박혔다.

 이를 악물고 빠르게 화살을 뽑아냈다. 그러나 3초 내로 대상을 죽이는 극독이었기에 아무리 김성현이라도 버티지 못하고 무릎을 꿇었다.

 혈색이 보랏빛으로 물들며, 두 눈이 금방이라도 터질 듯 붉어졌다. 최선을 다해 독에 저항하고 있지만 한계였다.

 웰턴은 다시 그의 목을 검의 굴곡진 부분에 끼워 넣었다.

 "잘 가라."

 "너희는… 쿨럭!"

 입에서 새까만 피가 흘러나왔다. 시야가 핑 돌며 강한 현기증과 함께 졸음이 몰려온다.

 웰턴이 목을 벨 작정으로 쥔 손을 뒤로 훅 빼내려 했다.

 그러나 갑작스러운 이변은 누구도 눈치채지 못하는 사이에 발생했다.

 "다 움직이지 마."

 전신을 옭아매는 강력한 살기와 몸 전체를 짓누르는 강대한 기운!

 웰턴은 눈살을 찌푸리며 뒤에서 느껴지는 인기척에 집

중했다.

 엄청난 강자다. 아마도 김성현과 계속 붙어 있던 멀덴이란 존재일 것이다.

 멀덴에 관해선 그도 아는 게 조금 있었다.

 "유일왕, 멀덴 미스릴. 방해하지 마라."

 "후회할 말을 조금 하는 친구로군."

 멀덴의 움직임이 느껴진다.

 웰턴은 부하에게 눈빛으로 신호를 보내자마자 검을 가슴 쪽으로 잡아끌었다.

 김성현의 목을 베는 건 1초도 길다.

 픽!

 화살이 어둠을 가르며 멀덴을 향한다. 바닥에선 단검이 튀어나온다. 마지막으로 무형 마법이 그를 덮친다.

 대비를 마친 자신들은 아무리 멀덴이라도 감당할 수 없다.

 그때 피식 웃는 소리가 들렸다.

 "같잖군."

 웰턴은 오소소 돋는 소름에 김성현의 목을 베고 곧장 달아나려고 했다.

 그러나 누군가 팔을 고정시키기라도 한 것처럼 꼼짝도 하지 않는다.

"생긴 것치고 힘이 약하군."

"네놈……!"

멀덴은 웰턴의 굵직한 팔을 한 손으로 붙잡고 있었다.

웰턴이 차마 시선을 돌리진 못하고 기감만 일으켜 부하들을 살폈다.

아무런 생체 반응이 느껴지지 않는다.

멀덴이 차가운 목소리로 말했다.

"다 죽였다. 그러니까 시간 낭비 할 필요 없어."

"날 너무 물로 보는군."

"이 정도면 그래도 되지 않나? 일단 너에게 들을 게 아주 많을 것 같군."

"크큭! 그래?"

웰턴의 기세가 바뀌었다.

멀덴이 감탄 섞인 목소리로 중얼거렸다.

"그런 것도 할 줄 아는가?"

"그 건방진 말투부터 족쳐 주지!"

웰턴이 으르렁거리며 멀덴의 얼굴을 향해 주먹을 휘둘렀다.

멀덴은 가볍게 주먹을 피하고 붙잡고 있는 손목을 살짝 비틀었다.

"크악!"

쥐고 있던 검이 바닥에 떨어지며 김성현도 앞으로 엎어졌다.

멀덴은 가볍게 웰턴의 겨드랑이 쪽으로 손을 집어넣고 팔을 그대로 살짝 들어 올렸다.

덜컥!

웰턴이 두 눈을 동그랗게 떴다. 그러곤 비명을 지르려 했지만 꾹 참고 한 번 더 주먹을 휘둘렀다.

멀덴이 제법이라는 듯 그를 칭찬했다.

"어깨를 완전히 빼 버려서 꽤 아플 텐데, 남자답군."

"닥쳐!"

주먹은 당연히 멀덴에게 닿지 않았다.

그러나 노림수가 있었는데, 주먹을 휘두른 반동을 앞세워 몸통 박치기를 했다.

멀덴도 예상하지 못했는지 이번 공격은 허용하고 말았다.

웰턴은 곧장 빠진 팔을 끼워 넣고 기운을 일으켰다.

"죽어라! 김성현!"

그는 멀덴에게 달려드는 대신 발밑에 쓰러져 있는 김성현에게 주먹을 들었다. 이대로 내려친다면 따끈따끈한 고기 반죽이 될 것이다.

"안 되지."

멀덴은 어둠 속에서 푸른빛을 흘리며 순식간에 그 앞에

나타났다.

"늦었다!"

당초의 목적은 김성현의 죽음!

이곳에서 큰 피해를 입더라도 그만 죽인다면 임무를 완벽하게 완수할 수 있다.

그 낌새를 멀덴도 눈치챘는지 어지간한 공격으론 불가능하다는 걸 깨달았다.

저 주먹에 담긴 힘이 꽤 강해 아까처럼 손목을 붙잡는 걸론 막을 수 없다.

"하는 수 없지."

김성현에게 피해가 갈 수 있지만 지금으로선 방법이 없다.

어둠 속에서 그의 동공이 축소된다. 푸른빛이 심장으로 빨려 들어가며 꺼림칙한 힘이 몸 밖으로 흘러나왔다.

웰턴은 흠칫하며 반사적으로 멀덴을 쳐다봤다. 그의 등 뒤에 거대한 어둠이 드리웠다.

"뭐……!"

"죽어."

"그건 안 돼."

멀덴에게서 흘러나온 검은 기운이 새하얀 빛에 가로막혔다.

허공에서 순백의 포탈이 열리며 하얀 로브를 입은 이가

나타났다.

멀덴은 살짝 놀란 눈으로 그를 보았다.

"네놈은!"

"언령을 막 쓰면 안 된다고, 친구."

"보스!"

"마저 끝내라, 웰턴."

명령이 떨어지기가 무섭게 웰턴이 멈췄던 공격을 이어 갔다.

멀덴이 한 번 더 언령의 힘을 사용했지만,

"안 된다니까?"

더 강한 언령이 그의 힘을 막았고, 주먹이 김성현의 머리를 박살 냈다.

동시에 푸른 전격이 웰턴의 심장을 관통했다.

6권에 계속

www.mayabook.co.kr

www.mayabook.co.kr

www.mayabook.co.kr

www.mayabook.co.kr